Edgar Allan Poe
Der Mord in der Rue Morgue
und andere Erzählungen

Edgar Allan Poe

Der Mord in der Rue Morgue und andere Erzählungen

Mit 12 Farbillustrationen

Artemis & Winkler
Winkler Weltliteratur
Kleine Bibliothek

Aus dem Amerikanischen von M. Bretschneider
(Die Maske des Roten Todes) und H. Kauders *(Der Mord in der Rue Morgue, Die Augengläser, Vorzeitiges Begräbnis).*

Umschlagmotiv:
Eduard Gaertner, *Paris, Rue Neuve-Notre-Dame,* 1826

Die Deutsche Bibliothek – CIP-Einheitsaufnahme:

Poe, Edgar Allan:
Der Mord in der Rue Morgue und andere Erzählungen /
Edgar Allan Poe. [Aus dem Amerikan. von M. Bretschneider und
H. Kauders]. – Düsseldorf; Zürich: Artemis & Winkler, 1998
(Winkler-Weltliteratur: Kleine Bibliothek)
ISBN 3-538-06672-8

Umschlaggestaltung: Bine Cordes, Weyarn
Satz: Fotosatz Moers, Mönchengladbach
Lithographie: Brockhaus & Conrad, Wuppertal
Druck und Bindung: Clausen & Bosse, Leck
Printed in Germany
ISBN 3-538-06672-8

INHALT

DER MORD IN DER RUE MORGUE

> Welches Lied die Sirenen sangen oder
> welchen Namen Achilles sich beilegte,
> als er sich unter den Weibern verbarg –
> das sind zwar schwierige Fragen, aber
> dennoch nicht jeglicher Mutmaßung
> entzogen.
>
> *Sir Thomas Browne*

Die Charaktereigenschaften, die man die analytischen nennt, sind selbst einer Analyse nur wenig zugänglich. Wir schätzen sie lediglich nach ihren Erfolgen ein und wissen unter anderem von ihnen, daß sie für denjenigen, der sie in ausschweifendem Maße sein eigen nennt, eine Quelle köstlichsten Genusses sind. Wie der Starke auf seine Körperkraft stolz ist und an Übungen, die seine Muskeln in Tätigkeit setzen, seine Freude hat, so frohlockt der Analytiker über die Regsamkeit seines entwirrenden Geistes. Selbst in der nichtigsten Beschäftigung findet er noch einen Reiz, wenn er nur sein Talent spielen lassen darf. Er ist ein Freund von Rätselraten, Kopfzerbrechen und Hieroglyphen und entfaltet bei jeder seiner Lösungen einen Grad von Scharfsinn, der dem gewöhnlichen Begreifen übernatürlich vorkommt. Seine durch nichts als das Konzentrat, die Quintessenz einer planmäßigen Methode erzielten Resultate erwecken den täuschenden Anschein einer Erleuchtung.

Dieses Auflösungsvermögen wird möglicherweise durch mathematische Studien beträchtlich gefördert, und zwar ganz besonders durch jenen vornehmsten

Zweig der Mathematik, den man mit Unrecht und bloß auf Grund seiner rückläufigen Operationen gleichsam par excellence die Analysis genannt hat. Indessen heißt berechnen noch nicht analysieren. Ein Schachspieler zum Beispiel tut das eine, ohne sich um das andere zu bemühen. Daraus folgt, daß das Schachspiel in seinen Wirkungen auf den Charakter ganz falsch eingeschätzt wird. Ich beabsichtige hier nicht eine Abhandlung zu schreiben, sondern möchte nur eine einigermaßen sonderbare Geschichte durch ein paar ganz beiläufige Bemerkungen einleiten. Ich will also die Gelegenheit bloß benutzen, um festzustellen, daß die höheren Kräfte des reflektierenden Verstandes durch das unaufdringliche Damespiel entschiedener und nutzbringender beschäftigt werden als durch all die ausgeklügelten Nichtigkeiten des Schachs. Bei diesem letzten Spiel, wo die Figuren die unterschiedlichsten bizarren Bewegungen von verschiedenem und veränderlichem Wert ausführen, wird – mit einem häufigen Irrtum – etwas, das nur sehr kompliziert ist, für tief gehalten. Die Aufmerksamkeit wird stark in Anspruch genommen. Erlahmt sie einen Augenblick, so wird etwas übersehen, das zu Verlusten oder zur Niederlage führt. Bei der Mannigfaltigkeit und Unübersichtlichkeit der möglichen Züge sind die Chancen, solche Fehler zu begehen, natürlich sehr groß, und in neun von zehn Fällen wird derjenige Spieler, der sich besser konzentriert, eher gewinnen als der geistreichere. Beim Damespiel hingegen, wo man nur auf eine einzige Art ziehen kann und es kaum irgendwelche Varianten gibt, ist die Wahrscheinlichkeit, eine Unachtsamkeit zu begehen, geringer, die bloße Auf-

Johann Christian Clausen Dahl, *Ansicht von Larvik,* 1839.
Foto: AKG, Berlin

merksamkeit fällt verhältnismäßig kaum ins Gewicht, und die von einem der Partner errungenen Vorteile sind seinem überlegenen Scharfsinn zuzuschreiben. Stellen wir uns, um weniger abstrakt zu sein, eine Partie vor, in der sich die Anzahl der Steine auf vier Damen beschränkt, wobei selbstverständlich ein Übersehen nicht zu erwarten ist. Es ist klar, daß hier, bei sonst gleich starkem Spiel, der Sieg nur durch einen auserlesen geschickten Zug, das Ergebnis einer äußersten Verstandesanstrengung, entschieden werden kann. Wenn die gewöhnlichen Hilfsmittel versagen, versetzt sich der Analytiker in den Geist seines Gegners, identifiziert sich mit ihm und entdeckt nicht selten mit einem Blick die einzige, zuweilen verblüffend einfache Methode, die den anderen zu einem Fehler verführen oder in falsche Berechnungen stürzen muß.

Whist wird seit jeher wegen seines Einflusses auf das sogenannte Berechnungsvermögen gerühmt; und Männer von hervorragender Intelligenz waren wegen des scheinbar unbegreiflichen Vergnügens bekannt, das ihnen das Spiel bereitete, während sie das Schachspiel als bedeutungslos ablehnten. Ohne Zweifel nimmt von allen derartigen Beschäftigungen keine die analytischen Fähigkeiten so sehr in Anspruch wie Whist. Der beste Schachspieler der Christenheit mag vielleicht noch ein wenig mehr sein als eben der beste Schachspieler; aber Meisterschaft im Whist begreift die Fähigkeit zum Erfolg in all den unvergleichlich wichtigeren Unternehmungen in sich, wo der Geist mit dem Geiste kämpft. Wenn ich Meisterschaft sage, so meine ich jene Vollendung des Spiels, welche das

Wissen um alle Hilfsmittel, aus denen sich ein recht-
mäßiger Vorteil ziehen läßt, in sich schließt. Diese
Hilfsmittel sind nicht nur zahlreich, sondern auch von
verschiedener Art und bestehen häufig in so versteck-
ten Gedankengängen, daß der gewöhnliche Verstand
ihnen nicht auf die Spur zu kommen vermag.

Aufmerksam beobachten heißt sich deutlich erinnern, und insofern wird der konzentrierte Schachspieler, da ja die Regeln von Hoyle, die sich nur auf den
Mechanismus des Spieles gründen, leicht und allgemein verständlich sind, auch ein ganz guter Whist-
spieler sein. Daher meint man gewöhnlich, ein zuver-
lässiges Gedächtnis haben und sich an »das Buch«
halten, das sei die ganze Weisheit des guten Spiels.
Aber erst dort, wo das Reich der bloßen Regeln auf-
hört, offenbart sich die Kunst des Analytikers. In aller
Stille sammelt er Beobachtungen und zieht seine
Schlüsse. Dasselbe tun vielleicht die Mitspieler. Und
der Unterschied im Umfang der so erhaltenen Auskunft liegt nicht so sehr in der Richtigkeit des Schlus-
ses wie in der Art der Beobachtung. Es ist unumgäng-
lich zu wissen, was man zu beobachten hat. Unser
Spieler setzt sich keineswegs Grenzen, noch weist er,
weil das Spiel die Hauptsache ist, Folgerungen aus
Vorkommnissen, die nicht zum Spiel selbst gehören,
von sich. Er prüft den Gesichtsausdruck seines Part-
ners und vergleicht ihn sorgfältig mit dem eines jeden
seiner Gegner. Er beachtet die Art und Weise, wie jeder seine Karten in der Hand ordnet, und zählt oft, den
Blicken der Spieler folgend, Atout auf Atout und Honneur auf Honneur mit. Er merkt sich im Verlauf des
Spieles jede Veränderung der Mienen und macht sich

über die verschiedenen Äußerungen von Sicherheit, Überraschung, Triumph und Ärger manche Gedanken. Aus der Art, wie jemand einen Stich aufnimmt, schließt er, ob der Betreffende noch einen anderen Stich in derselben Farbe machen kann, er erkennt an der Weise, in der er die Karte auf den Tisch wirft, ob jemand sich verstellt. Ein beiläufiges oder unüberlegtes Wort, das zufällige Fallenlassen oder Umdrehen einer Karte, die Beflissenheit oder Nachlässigkeit, mit der man sie wieder aufnimmt, das Zählen der Stiche und die Art ihrer Anordnung, Verlegenheit, Zaudern, Heftigkeit und Bestürzung, das alles bietet seinem scheinbar intuitiven Blick Anhaltspunkte, aus denen er den wahren Stand der Dinge errät. Und sind erst zwei oder drei Runden gespielt, so weiß er genau, was jeder in der Hand hat, und spielt seine Karten mit so absoluter und zielbewußter Sicherheit aus, als ob sämtliche Mitspieler die ihren offen aufgelegt hätten. Das analytische Vermögen darf mit der bloßen Erfindungsgabe nicht verwechselt werden. Denn während der Analytiker notwendigermaßen erfinderisch ist, erweist sich der erfinderische Mensch oft als ganz unfähig zur Analyse. Das konstruktive oder kombinatorische Vermögen, durch das sich die Erfindungsgabe gewöhnlich äußert und dem die Phrenologen, indem sie es für eine angeborene Fähigkeit hielten – wie ich glaube, irrtümlich –, ein besonderes Organ zuwiesen, wurde so oft an Menschen wahrgenommen, deren Verstandeskraft im übrigen an Idiotie grenzte, daß diese Tatsache unter den psychologischen Schriftstellern allgemein Beachtung gefunden hat. Zwischen der Erfindungsgabe und der Kunst der Analyse besteht tatsächlich ein zwar analoger, aber bei weitem größerer Unterschied als zwischen Phantasie und Einbildungskraft. Es wird sich in der Tat zeigen, daß erfinderische Menschen immer voll Phantasterei, hingegen die wahrhaft mit Einbildungskraft Begabten nichts anderes als Analytiker sind.

Die nun folgende Erzählung wird dem Leser beinahe wie ein Kommentar zu der eben vorgebrachten Behauptung vorkommen.

Als ich mich während des Frühlings und eines Teiles des Sommers 18.. in Paris aufhielt, machte ich die Bekanntschaft eines Monsieur C. Auguste Dupin. Dieser junge Mann entstammte einer vornehmen, ja sogar berühmten Familie, war aber durch eine Reihe widriger Ereignisse in solche Armut geraten, daß die Energie seines Charakters von seinem Elend gebrochen wurde und er es aufgab, sich weiter im Weltgetriebe zu rühren oder um die Wiedererlangung seines Vermögens umzutun. Durch das Entgegenkommen seiner Gläubiger blieb noch ein kleiner Rest seines väterlichen Erbteils in seinem Besitz, und er brachte es fertig, aus der daraus bezogenen Rente bei äußerster Sparsamkeit den notwendigsten Lebensunterhalt zu bestreiten, ohne sich um das Überflüssige zu sorgen. Bücher waren in der Tat sein einziger Luxus, und die sind in Paris leicht zu haben.

Unsere erste Begegnung fand in einem obskuren Buchladen der Rue Montmartre statt. Zufällig waren wir beide auf der Suche nach ein und demselben sehr seltenen und sehr merkwürdigen Werk, was zu unserer Bekanntschaft führte. Von nun an trafen wir uns immer wieder. Mit herzlichem Anteil hörte ich ihm zu, wenn er mir redselig und offenherzig, wie die Franzosen sind, sofern es sich um ihr liebes Ich handelt, seine kleine Familiengeschichte erzählte. Auch seine umfassende Belesenheit setzte mich in Verwunderung. Vor allem aber fühlte ich mich von der lebendigen Ursprünglichkeit und seltsamen Glut seiner Einbildungskraft bezaubert; ich fühlte, daß die Gesellschaft dieses Menschen, da er in Paris denselben Dingen nachjagte wie ich, für mich ein Schatz von unberechenbarem Wert sein müßte, und gestand ihm dies offen ein. Endlich beschlossen wir, solange mein Aufenthalt in dieser Stadt dauerte, zusammen zu leben, und da meine äußeren Umstände etwas weniger beengt waren als die seinen, konnte ich es mir erlauben, auf meine Kosten ein baufälliges, wunderliches Haus zu mieten und es in einem Stil auszustatten, der dem ein wenig grillenhaften Düster unserer beiden Temperamente angemessen war. Infolge abergläubischer Gerüchte, denen wir nicht weiter nachgingen, seit langem verödet, lag es, dem Einsturz nahe, in einem abgelegenen und vereinsamten Teil des Faubourg St. Germain.

Hätte man draußen in der Welt erfahren, wie wir an diesem Ort hausten, wir wären für Irre gehalten worden, wenn auch vielleicht für Irre harmloser Art. Aber unsere Abgeschiedenheit war vollkommen. Besuche empfingen wir nicht. Allerdings hatte ich meinen Zufluchtsort vor meinen früheren Gefährten sorgfältig geheimgehalten, und Dupin hatte seit vielen Jahren aufgehört, in Paris bekannt zu sein oder jemanden zu kennen. Wir lebten ganz allein miteinander.

Es war eine Marotte meines Freundes – wie sonst

soll ich es nennen? –, in die Nacht um ihrer selbst willen verliebt zu sein, und ich nahm ruhig an dieser
Skurrilität teil wie an allen den andern, indem ich
mich seinen wunderlichen Schrullen mit vollkommener Hingabe überließ. Die schwarze Gottheit wollte
zwar nicht immer bei uns verweilen, aber wir konnten ihre Gegenwart künstlich erzwingen. Beim ersten
Morgengrauen schlossen wir all die schweren Läden unseres alten Bauwerks und zündeten ein paar
Wachskerzen an, die stark dufteten und nur ganz gespenstische und blasse Strahlen aussandten. Bei ihrem
Schimmer versenkten wir unsere Seelen in Träume,
lasen, schrieben und sprachen, bis uns die Uhr die Ankunft der wirklichen Dunkelheit kundtat. Nun stürzten wir uns auf die Straßen, setzten Arm in Arm das
Gespräch des Tages fort oder ließen uns bis tief in die
Nacht hinein weit und breit umhertreiben, inmitten
des seltsamen Lichtes und Schattens der volkreichen
Stadt, nach jener unermeßlichen Fülle geistiger Erregung suchend, die stille Beobachtung zu gewähren
vermag.

Bei solchen Gelegenheiten konnte ich nicht umhin,
auf Dupins hervorragende analytische Fähigkeit aufmerksam zu werden und sie zu bewundern, obgleich
ich durch seinen Reichtum an Gedanken schon darauf vorbereitet war. Auch schien die Betätigung, ja
vielleicht sogar das Zurschaustellen dieser Begabung
einen heftigen Reiz für ihn zu haben, und er scheute
sich nicht, mir den Genuß, den er sich so verschaffte,
einzugestehen. Er rühmte sich mir gegenüber mit
einem leisen, kichernden Gelächter, daß für ihn die
meisten Menschen ein Fenster auf der Brust trügen,

und pflegte einer solchen Behauptung als unwiderleglichen und höchst verblüffenden Beweis die eindringlichsten Aufschlüsse über meine eigene Person folgen zu lassen. In solchen Augenblicken war sein Wesen kalt und abstrakt, seine Blicke starrten ins Leere, während seine Stimme, sonst ein volltönender Tenor, zu fisteln begann, was ausgelassen geklungen hätte, wären die Worte nicht so bedachtsam, so scharf und deutlich von seinen Lippen gekommen. Wenn ich ihn in derartigen Stimmungen beobachtete, mußte ich oft an die alte Theorie von der Doppelseele denken, und ich ergötzte mich an der Vorstellung eines doppelten Dupin, eines schöpferischen und eines auflösenden.

Man lasse sich nach allem, was ich bisher gesagt habe, nicht zu der Annahme verleiten, daß ich Geheimnisse auskramen oder einen Roman zu Papier bringen wolle. Die hier geschilderten Eigenschaften des Franzosen waren nichts als das Ergebnis einer übersteigerten oder vielleicht krankhaften Intelligenz. Doch wird ein Beispiel den Charakter seiner Beobachtungen in der erwähnten Zeit am besten veranschaulichen.

Eines Nachts schlenderten wir durch eine lange, schmutzige Straße unweit des Palais Royal. Da wir beide, wie es schien, mit unseren eigenen Gedanken beschäftigt waren, hatte seit mindestens einer Viertelstunde keiner von uns eine Silbe gesprochen. Plötzlich brach Dupin ganz unvermittelt in die Worte aus: »Er ist ein sehr kleiner Kerl, das ist wahr, und würde besser für das Théâtre des Variétés passen.«

»Darüber kann gar kein Zweifel bestehen«, erwiderte ich unwillkürlich, ohne im ersten Augenblick zu bemerken, so sehr war ich in mich versunken, in wie außerordentlicher Weise diese Worte mit meinen Gedanken übereinstimmten. Aber einen Augenblick später kam ich wieder zu mir und war aufs äußerste erstaunt.

»Dupin«, sagte ich ernsthaft, »das geht über meinen Verstand. Ich muß Ihnen gestehen, daß ich verblüfft bin und kaum meinen Sinnen traue. Wie in aller Welt konnten Sie wissen, daß meine Gedanken bei…?« Hier hielt ich inne, um jeden Zweifel zu beseitigen, daß er wirklich wußte, an wen ich dachte.

»… bei Chantilly waren«, ergänzte er. »Warum machen Sie eine Pause? Sie stellten soeben bei sich fest, daß ihn seine winzige Figur für die Tragödie ungeeignet macht.«

Gerade mit diesem Punkt hatten sich meine Gedanken beschäftigt. Chantilly war ein ehemaliger Flickschuster aus der Rue St. Denis, der, vom Theaterteufel besessen, sich an die Rolle des Xerxes in Crébillons gleichnamiger Tragödie gewagt und zum Dank für seine Bemühungen nichts als öffentlichen Hohn geerntet hatte. »Nennen Sie mir um Himmels willen«, rief ich aus, »die Methode, wenn hier überhaupt von Methode die Rede sein kann, welche Sie befähigt hat, in diesem Falle in meiner Seele zu lesen.«

In der Tat, ich war noch weit verblüffter, als ich zuzugeben geneigt war.

»Es war der Obsthändler«, erwiderte mein Freund, »der Sie auf die Idee brachte, daß der Schuhdoktor nicht die genügende Größe habe für Xerxes und id genus omne.«

»Der Obsthändler? Sie setzen mich in Erstaunen. Ich weiß von gar keinem Obsthändler.«

»Der Mann, der gegen Sie anrannte, als wir in diese Straße kamen. Es mag fünfzehn Minuten her sein.«

Nun erinnerte ich mich in der Tat, daß ein Obsthändler mit einem großen Korb voll Äpfel auf dem Kopfe mich beinahe über den Haufen gerannt hätte, als wir aus einer Gasse in diese lange Straße einbogen, die wir gerade entlanggingen. Aber was das mit Chantilly zu tun hatte, konnte ich unmöglich verstehen.

Mein Freund Dupin äußerte nicht die geringste Spur von Scharlatanerie.

»Ich will es Ihnen erklären«, fuhr er fort, »und damit Sie alles richtig begreifen, will ich zunächst Ihren Gedankengang von dem Augenblick an, da ich mit Ihnen sprach, bis zu dem Rencontre mit besagtem Obsthändler zurückverfolgen. Die wichtigsten Glieder der Kette sind diese: Chantilly, Orion, Dr. Nichols, Epikur, Stereotomie, die Pflastersteine, der Obsthändler.«

Es gibt wenige Menschen, die nicht zu irgendeiner Zeit ihres Lebens Gefallen daran gefunden hätten, die Schritte, durch die ihr Geist zu bestimmten Schlüssen gelangt ist, nach rückwärts zu verfolgen. Diese Beschäftigung ist oft äußerst reizvoll; und wer sich zum erstenmal in ihr versucht, wird erstaunt sein über die scheinbar unermeßliche Distanz und Zusammenhangslosigkeit zwischen Ausgangspunkt und Endpunkt.

Wie groß mußte also meine Verwunderung sein, als ich aus dem Munde des Franzosen diese Worte hörte und genötigt war einzugestehen, daß er die Wahrheit sprach.

Er erklärte weiter: »Wir unterhielten uns, wenn ich mich recht entsinne, von Pferden, kurz bevor wir die Rue Caillet verließen. Das war unser letztes Gesprächsthema. Als wir in diese Gasse einbogen, stürzte ein Obsthändler mit einem großen Korb eilig an uns vorüber und stieß gegen die Pflastersteine, die an einer Stelle, wo die Straße ausgebessert wird, aufgeschüttet sind. Sie traten auf einen der losen Steine, glitten aus, verzerrten sich ein wenig den Fuß, schienen ärgerlich oder verdrießlich, brummten ein paar Worte, drehten sich um, besahen sich den Haufen und setzten endlich stillschweigend Ihren Weg fort. Ich habe zwar auf das, was Sie taten, nicht sonderlich aufgemerkt, aber beobachten ist für mich seit langem zu einer Art Zwang geworden.

Ihre Augen waren auf den Boden geheftet, und Sie betrachteten mit einem Ausdruck von Gereiztheit die Löcher und Ritzen des Pflasters, so daß ich merkte, daß Sie noch immer an die Steine dachten, bis wir zu der Ruelle Lamartine gelangten, die man versuchsweise mit lückenlos aneinandergepaßten Holzblöcken gepflastert hat. Hier hellten sich Ihre Züge auf, und ich konnte der Bewegung Ihrer Lippen zweifellos entnehmen, daß Sie das Wort Stereotomie murmelten, eine höchst prätentiöse Bezeichnung, die man dieser Art Pflasterung beilegt. Ich wußte, daß Sie nicht an Stereotomie denken konnten, ohne sich gleichzeitig an die Atome und folglich an die Lehre Epikurs zu erinnern; und da ich, als wir dieses Thema vor gar nicht langer Zeit erörterten, Sie darauf aufmerksam machte, wie merkwürdig und trotzdem kaum bekannt es sei, daß die vagen Mutmaßungen des berühmten Griechen in der jüngsten Kosmogonie der Nebelflecken ihre Bestätigung gefunden hätten, ahnte ich, daß Sie nicht umhin könnten, Ihre Augen aufwärts nach dem großen Nebelfleck im Orion zu richten, ja, ich nahm das als ganz gewiß an. Sie taten es denn auch, und ich war nun überzeugt, ihren Gedankengang Schritt für Schritt richtig verfolgt zu haben.

In dem bitteren Erguß nun über Chantilly, der gestern im *Musée* stand, zitierte der satirische Rezensent, indem er auf die Namensänderung unseres den Kothurn besteigenden Flickschusters ein paar höchst unliebenswürdige Anspielungen machte, einen lateinischen Vers, über den wir oft miteinander gesprochen haben. Ich meine die Zeile:

Perdidit antiquum littera prima sonum.

Ich hatte Ihnen erzählt, daß sich diese Zeile auf den Orion bezieht, den man ursprünglich Urion geschrieben habe. Und da diese Erklärung mit einigen bissigen Bemerkungen gewürzt war, wußte ich, daß Sie sie nicht vergessen haben konnten. Es war demnach klar, daß Sie nicht verfehlen würden, die beiden Ideen Orion und Chantilly miteinander zu verknüpfen. Daß Sie das taten, erriet ich an der Art des Lächelns, das um Ihre Lippen spielte. Sie dachten an das arme Schlachtopfer, den Flickschuster. Bis dahin waren Sie mit gesenktem Kopf gegangen, aber jetzt sah ich, wie Sie sich zu Ihrer vollen Höhe aufrichteten, und es war also sicher, daß Sie an Chantillys winzige Figur dachten.

An diesem Punkte unterbrach ich Ihren Gedankengang mit der Bemerkung, daß, da er in der Tat ein sehr

Adolph von Menzel, *Treppenflur bei Nachtbeleuchtung*, 1848.
Foto: AKG, Berlin

winziges Männlein sei, dieser Chantilly sich besser für das Théâtre des Variétés eignen würde.«

Nicht lange nach dieser Unterhaltung fesselten beim Lesen der Abendausgabe der *Gazette des Tribunaux* folgende Absätze unsere Aufmerksamkeit:

»Ein Doppelmord unter außergewöhnlichen Umständen. – Heute morgen gegen drei Uhr wurden die Bewohner des Quartiers St. Roch durch anhaltende entsetzliche Schreie aus dem Schlaf geweckt. Sie kamen anscheinend aus dem vierten Stockwerk eines Hauses in der Rue Morgue, das, soviel man weiß, ausschließlich von einer Madame L'Espanaye und ihrer Tochter, Mademoiselle Camille L'Espanaye, bewohnt wird. Nach einer Verzögerung, die durch den fruchtlosen Versuch, sich auf dem gewöhnlichen Wege Eingang zu verschaffen, entstand, wurde das Haustor mittels eines Brecheisens aufgesprengt, und acht oder zehn Nachbarn drangen, begleitet von zwei Pendarmen, ein. Inzwischen hatte das Schreien aufgehört; aber als die Leute bis zum ersten Treppenabsatz hinaufgestürzt waren, vernahmen sie zwei oder mehr rauhe Stimmen wie in heftigem Streit. Sie schienen aus dem oberen Teil des Hauses zu kommen. Als man den zweiten Stock erreichte, hatte auch dieser Lärm aufgehört, und alles blieb vollkommen still. Die Leute verteilten sich und eilten von Raum zu Raum. Als man endlich in ein geräumiges Hinterzimmer im vierten Stock gelangt war, dessen Türe von innen mit dem Schlüssel abgesperrt war und erbrochen werden mußte, bot sich ein Anblick, der alle Anwesenden mit Grauen und Verwunderung erfüllte.

Das Zimmer zeigte die schlimmste Verwüstung, die Möbel waren zerbrochen und ihre Trümmer in alle Richtungen verstreut. In dem Raum befand sich nur eine Bettstelle, aus der die Betten herausgerissen und mitten auf den Fußboden geworfen waren. Auf dem Stuhl lag ein mit Blut beschmiertes Rasiermesser, im Kamin zwei oder drei lange, dicke Flechten grauen Menschenhaares. Auch sie waren mit Blut bespritzt und schienen mitsamt den Wurzeln ausgerissen zu sein. Auf dem Fußboden fand man vier Napoleons, einen mit einem Topas geschmückten Ohrring, drei große silberne Löffel, drei kleinere aus Métal d'Alger und zwei Beutel, die nahezu viertausend Franken in Gold enthielten. Die Schubfächer eines Sekretärs, der in einer Ecke stand, waren aufgerissen und offenbar geplündert worden, obwohl man noch viele Gegenstände hatte darin liegenlassen. Ein kleiner eiserner Kasten wurde unter den Betten, nicht unter der Bettstelle, entdeckt. Er war offen, der Schlüssel steckte. Er enthielt nichts als ein paar alte Briefe und andere Papiere ohne Bedeutung.

Irgendwelche Spuren von Madame L'Espanaye waren hier nicht zu sehen; aber da eine ungewöhnliche Menge Ruß in der Feuerstelle auffiel, suchte man im Kamin nach und zog – die Feder sträubt sich, es wiederzugeben – mit dem Kopf nach unten den Leichnam der Tochter hervor. Er war in dieser Stellung durch die enge Öffnung ein beträchtliches Stück hinaufgezwängt worden. Der Körper war noch warm. Bei näherer Besichtigung bemerkte man, daß er an vielen Stellen aufgeschürft war, was zweifellos von der Gewaltsamkeit, mit der der Körper in den Kamin hinaufgestoßen und wieder heruntergezerrt worden war, herrührte. Das Gesicht trug viele starke Kratzwunden, und der Hals wies blutunterlaufene Stellen und tief einschneidende Spuren von Fingernägeln auf, als ob die Verstorbene erdrosselt worden wäre. Nachdem man das Haus überall genau durchsucht hatte, ohne mehr zu entdecken, begaben sich die Leute in einen kleinen, gepflasterten Hof hinter dem Hause. Dort lag der Leichnam der alten Dame mit so vollständig durchschnittenem Halse, daß bei einem Versuch, sie aufzurichten, der Kopf abfiel. Körper und Kopf waren furchtbar verstümmelt; der Körper so sehr, daß er kaum noch menschenähnlich aussah.

Für die Lösung dieses furchtbaren Rätsels fehlt bisher, soviel wir wissen, jeder Anhaltspunkt.«

Die Zeitung des nächsten Tages fügte noch folgende Einzelheiten hinzu:

»Das Drama in der Rue Morgue. Viele Personen sind in dieser ganz außergewöhnlichen und grauenhaften Affäre verhört worden« – das Wort Affäre hat in Frankreich nicht den nichtssagenden Klang wie bei uns –, »aber bisher ist nicht das geringste zum Vorschein gekommen, was Licht auf diese Angelegenheit geworfen hätte. Wir lassen nachstehend die wichtigsten Zeugenaussagen folgen:

Pauline Dubourg, Wäscherin, gab an, daß sie die beiden Verstorbenen seit drei Jahren kenne und während dieser Zeit für sie gewaschen habe. Die alte Dame und ihre Tochter schienen sehr gut miteinander zu leben und waren einander sehr zugetan. Sie waren pünktliche Zahler. Über ihre Art zu leben und ihre

Existenzmittel könne sie nichts sagen, glaube aber, daß Madame L'Espanaye sich durch Wahrsagen ihr Brot verdiente. Sie stand im Rufe, Geld zurückgelegt zu haben. Wenn die Zeugin die Wäsche abholte oder brachte, traf sie niemals fremde Personen im Hause, und sie wisse bestimmt, daß die beiden Damen keinen Dienstboten hielten. In keinem Teil des Hauses außer im vierten Stock schienen Möbel zu stehen.

Pierre Moreau, Tabakhändler, gab an, daß er an Madame L'Espanaye beinahe vier Jahre lang kleine Mengen Rauch- und Schnupftabak zu verkaufen pflegte. Er ist in der Nachbarschaft geboren und hat auch ständig dort gewohnt. Die Verstorbene und ihre Tochter bewohnten seit über sechs Jahren das Haus, in dem die Leichen gefunden wurden. Früher habe ein Juwelier seinen Laden dort gehabt, der die oberen Zimmer an verschiedene Personen weitervermietete. Das Haus sei das Eigentum der Madame L'Espanaye. Sie sei entrüstet gewesen über den Mißbrauch, den der Mieter mit ihrem Hause getrieben habe, sei selbst hineingezogen und habe sich geweigert, irgendeinen Teil davon abzutreten. Die alte Dame sei kindisch gewesen. Er, der Zeuge, habe die Tochter während der sechs Jahre etwa fünf- oder sechsmal gesehen. Die beiden Frauen hätten äußerst zurückgezogen gelebt, sie hätten im Rufe gestanden, Geld zu besitzen. Er habe von Nachbarn sagen hören, daß Madame L'Espanaye aus den Karten wahrsagte, glaube es aber nicht. Er habe außer der alten Dame und ihrer Tochter niemals jemanden durch das Haustor ein- und ausgehen sehen, nur ein oder zwei Mal einen Lastträger und acht bis zehn Mal einen Arzt.

25

Viele andere Personen aus der Nachbarschaft sagten im gleichen Sinne aus. Leute, die in dem Hause verkehrt haben, sind nicht zu ermitteln gewesen. Es ist nicht bekannt, ob Verwandte von Madame L'Espanaye und ihrer Tochter noch am Leben sind. Die Läden der vorderen Fenster wurden nur selten geöffnet, die nach rückwärts gelegenen waren immer geschlossen mit Ausnahme des großen Hinterzimmers im vierten Stock. Das Haus war in gutem Zustand und nicht übermäßig alt.

Isidore Muset, Gendarm, gab an, daß er gegen drei Uhr morgens zum Hause geholt worden sei und daselbst etwa zwanzig bis dreißig Personen, die sich Eingang zu verschaffen suchten, vor dem Tor angetroffen habe. Er sprengte schließlich das Tor mit einem Bajonett, nicht mit einer Brechstange. Das habe nur geringe Mühe verursacht, da es sich um ein Tor mit zwei Flügeln gehandelt habe und die Riegel weder unten noch oben vorgeschoben gewesen seien. Die Schreie hätten angedauert, bis das Tor erbrochen gewesen sei, und seien dann plötzlich verstummt. Es schienen die Schreie einer oder mehrerer Personen in höchster Not zu sein. Sie klangen laut und langgezogen, nicht kurz und stoßweise. Der Zeuge sei auf der Stiege vorangegangen. Als er den ersten Treppenabsatz erreicht gehabt hätte, habe er zwei Stimmen laut und heftig streiten hören. Die eine Stimme habe grob geklungen, die andere sehr viel schriller – es sei eine ganz fremdartige Stimme gewesen. Er habe einige Worte der ersten Stimme verstehen können, es sei die eines Franzosen gewesen. Er sei überzeugt, daß es keine Frauenstimme gewesen sei, und habe die Worte ›sacré‹

und ›diable‹ unterschieden. Die schrille Stimme sei die eines Ausländers gewesen. Er wisse nicht sicher, ob es eine Männer- oder Frauenstimme gewesen sei, und habe nicht herausbekommen können, was sie sagte, glaube aber, daß sie Spanisch gesprochen habe. Der Zeuge schilderte den Zustand des Zimmers und der Leichen in Übereinstimmung mit unserem gestrigen Bericht.

Henry Duval, ein Nachbar, von Beruf Silber-schmied, gab an, daß er als einer der ersten das Haus betreten habe. Er bestätigte im allgemeinen die Zeu-genaussage von Muset. Sobald sie eingedrungen seien, hätten sie das Haustor wieder geschlossen, um die Menge fernzuhalten, die sich trotz der späten Stunde sehr schnell angesammelt hätte. Die schrille Stimme sei, wie dieser Zeuge meinte, die eines Italieners ge-wesen. Auf jeden Fall sei es kein Französisch gewesen. Er könne nicht mit Bestimmtheit behaupten, daß es eine Männerstimme gewesen sei, vielleicht sei es auch eine Frauenstimme gewesen. Er selbst sei mit der ita-lienischen Sprache nicht vertraut. Er habe die einzel-nen Worte nicht verstehen können, habe aber an der Betonung den Sprechenden mit Sicherheit für einen Italiener erkannt. Er habe Madame L'Espanaye und ihre Tochter gekannt und sich mit beiden oft unter-halten. Er sei überzeugt, daß die schrille Stimme kei-ner der beiden Ermordeten angehört habe.

Odenheimer, Restaurateur. Dieser Zeuge hat sich freiwillig gemeldet. Da er nicht französisch spricht, wurde er durch einen Dolmetscher vernommen. Er ist aus Amsterdam gebürtig. Gerade als die Schreie er-tönten, sei er an dem Hause vorbeigekommen. Die

Schreie hätten einige Minuten angedauert, im ganzen vielleicht zehn. Sie seien langgezogen und laut gewesen, schauerlich und herzzerreißend. Der Zeuge gehörte zu den Leuten, die in das Haus eindrangen. Er bestätigte die vorhergehenden Aussagen in allen Punkten, mit Ausnahme eines einzigen. Er ist nämlich sicher, daß die schrille Stimme die eines Mannes gewesen sei, und zwar die eines Franzosen. Allerdings habe er die einzelnen Worte nicht unterscheiden können. Sie seien laut, rasch und ungleichmäßig gesprochen worden und schienen ebensowohl Angst wie Zorn auszudrücken. Die Stimme sei heiser gewesen, viel eher heiser als schrill. Schrill könne er die Stimme nicht nennen. Die grobe Stimme habe wiederholt ›sacré‹ gesagt und einmal ›mon Dieu!‹

Jules Mignaud, Bankier der Firma Mignaud et fils, Rue Deloraine. Er ist der ältere Mignaud. Er sagte aus, Madame L'Espanaye habe einiges Vermögen besessen. Sie habe seit dem Frühling 18.. – seit acht Jahren also – ein Konto bei seinem Bankhaus und habe häufig kleinere Summen deponiert, niemals jedoch etwas abgehoben, bis drei Tage vor ihrem Tode, wo sie persönlich die Summe von viertausend Franken entnommen habe. Die Summe sei ihr in Gold ausgezahlt und durch einen Beamten ins Haus geschickt worden.

Adolphe Lebon, Bankbeamter bei Mignaud et fils, gab an, daß er an dem betreffenden Tage gegen Mittag Madame L'Espanaye mit den viertausend Franken, die sich in zwei Beuteln befanden, in ihre Wohnung begleitet habe. Als die Tür geöffnet worden sei, sei Mademoiselle L'Espanaye erschienen und habe aus seinen Händen den einen Beutel entgegengenommen, während die alte Dame den anderen ergriffen habe. Er habe sich empfohlen und sei gegangen. Er habe um diese Zeit niemanden auf der Straße bemerkt. Es handelt sich um eine sehr einsame Nebenstraße.

William Bird, Schneider, gab an, daß er einer der Leute gewesen sei, die in das Haus eindrangen. Er ist Engländer und hat zwei Jahre in Paris gelebt. Er war einer der ersten auf der Treppe und hat die streitenden Stimmen vernommen. Die grobe Stimme sei die eines Franzosen gewesen. Er habe mehrere Worte verstehen können, könne sich aber jetzt nicht mehr an alle erinnern. Deutlich habe er ›sacré‹ und ›mon Dieu‹ vernommen. Es sei in diesem Augenblick ein Geräusch zu hören gewesen, als ob mehrere Personen miteinander rängen, ein scharrendes Geräusch wie bei einer Balgerei. Die schrille Stimme sei sehr laut gewesen, lauter als die grobe. Ganz gewiß sei es nicht die Stimme eines Engländers gewesen, wahrscheinlich die eines Deutschen, vielleicht eine weibliche Stimme. Er verstehe allerdings kein Deutsch.

Vier der obengenannten Zeugen wurden neuerdings aufgerufen und sagten aus, daß die Tür des Zimmers, in dem die Leiche von Mademoiselle L'Espanaye gefunden wurde, von innen versperrt gewesen sei. Alles sei vollkommen still gewesen, sie hätten weder Stöhnen noch sonst irgendwelche Geräusche vernommen. Auch nachdem die Tür aufgebrochen worden sei, hätten sie niemanden gesehen. Die Fenster – Schiebefenster – sowohl im vorderen wie im hinteren Zimmer seien herabgelassen und von innen fest verriegelt gewesen. Die Tür zwischen den beiden Zimmern sei geschlossen, aber nicht abgesperrt gewesen.

Die Tür, die aus dem Vorderzimmer auf den Flur führt, war von innen verschlossen, der Schlüssel steckte. Ein kleiner Raum auf der Vorderseite des Hauses im vierten Stock am Ende des Ganges stand offen, die Tür war angelehnt.

Dieser Raum war mit alten Betten, Kisten und so weiter bis unter die Decke vollgestopft. Alles wurde sorgfältig ausgeräumt und durchsucht. Es gibt nicht ein Zollbreit in irgendeinem Teil des Hauses, das nicht sorgfältig durchsucht worden wäre. Durch Kehrer ließ man die Kamine nach oben und nach unten durchstöbern. Das Haus besitzt vier Stockwerke, dazu ein Dachgeschoß (Mansarde). Eine Falltür im Dach war fest vernagelt und schien seit Jahren nicht geöffnet worden zu sein.

Über die Zeit, die von jenem Augenblick, da man die streitenden Stimmen hörte, bis zum Aufbrechen der Zimmertür verging, werden von den Zeugen verschiedene Angaben gemacht. Einige wollen nur von kurzen drei Minuten wissen, andere hingegen schätzen sie bis auf fünf Minuten. Das Öffnen der Türe machte Schwierigkeiten.

Alfonso Garcia, Leichenbesorger, gibt an, daß er in der Rue Morgue wohne. Er ist Spanier von Geburt und gehört zu den Leuten, die das Haus betraten. Er ging jedoch nicht die Treppe hinauf, da er nervenschwach ist und sich vor den Folgen einer Aufregung fürchtete. Er hörte die streitenden Stimmen, konnte jedoch nicht verstehen, was gesagt wurde. Die schrille Stimme war die eines Engländers, dessen ist er sicher. Er kennt die englische Sprache nicht, sondern urteilt nach dem Tonfall.

Alberto Montani, Zuckerbäcker, sagt aus, daß er als einer der ersten die Treppe hinaufgestiegen sei. Er habe die erwähnten Stimmen gehört, die grobe sei die eines Franzosen gewesen. Er habe mehrere Worte unterschieden. Der Sprechende habe anscheinend dem anderen Vorwürfe gemacht. Was die schrille Stimme antwortete, habe er nicht verstehen können. Sie habe schnell und abgehackt gesprochen. Er hält sie für die Stimme eines Russen. Im übrigen bestätigt er die sonstigen Aussagen. Er ist Italiener und hat sich niemals mit einem Russen unterhalten.

Bei nochmaliger Vernehmung erklärten die Zeugen, daß die Kamine in allen Zimmern des vierten Stockwerks zu eng seien, um ein menschliches Wesen durchzulassen. Unter ›Kehrern‹ sind die walzenförmigen Bürsten zu verstehen, deren man sich beim Schornsteinfegen zu bedienen pflegt. Mit solchen Bürsten durchstöberte man von oben bis unten alle Rauchabzüge im ganzen Hause. Es gibt keinen rückwärtigen Ausgang, durch den irgend jemand hätte entwischen können, während die Leute die Treppe hinaufkamen. Die Leiche von Mademoiselle L'Espanaye war so fest in den Kamin eingekeilt, daß es der vereinten Kräfte von vier bis fünf Männern bedurfte, um sie wieder herunterzuziehen.

Paul Dumas, Arzt, sagt aus, daß man ihn gegen Tagesanbruch zur Besichtigung der Leichen gerufen habe. Sie haben damals beide auf der Matratze des Bettes in dem Zimmer, wo man Mademoiselle L'Espanaye gefunden hatte, gelegen. Der Körper der jungen Dame sei voller Hautaufschürfungen und Quetschungen gewesen. Die Tatsache, daß er in den Kamin hinaufgestoßen worden war, dürfte hinreichend diese Erscheinungen erklären. Der Hals sei stark verletzt gewesen. Genau unter dem Kinn befänden sich mehrere tiefe Kratzwunden und auch eine Reihe blauschwarzer Flecke, die augenscheinlich von Fingereindrücken herrührten. Das Gesicht sei in entsetzlicher Weise verfärbt. Die Augäpfel seien aus den Höhlen getreten, die Zunge sei zum Teil durchbissen, eine umfangreiche blutunterlaufene Stelle finde sich in der Gegend der Magengrube. Sie sei allem Anschein nach durch den Druck eines Knies hervorgerufen worden. Nach Ansicht M. Dumas' ist Mademoiselle L'Espanaye von einer oder mehreren unbekannten Personen zu Tode gewürgt worden. Der Leichnam der Mutter sei furchtbar entstellt. Alle Knochen des rechten Beines und des rechten Armes seien mehr oder weniger zerschmettert. Das linke Schienbein sei sehr zersplittert, ebenso sämtliche Rippen auf der linken Seite. Der ganze Körper sei auf die gräßlichste Weise gequetscht und verfärbt. Es sei unmöglich zu sagen, wie diese Verletzungen zugefügt wurden. Ein schwerer Holzknüttel, eine breite Eisenstange, ein Stuhl, irgendein großes, schweres, stumpfes Werkzeug, von den Händen eines außerordentlich starken Mannes geschwungen, mochten solche Wirkungen hervorgebracht haben. Kein Weib hätte, mit welchem Werkzeug immer, solche Schläge führen können. Der Kopf der Verstorbenen sei zu dem Zeitpunkt, als der Zeuge ihn sah, vom Rumpf vollständig abgetrennt und ebenfalls ganz zerschmettert gewesen. Die Gurgel sei offenbar mit einem sehr scharfen Instrument durchschnitten worden, vermutlich einem Rasiermesser.

Paul Cézanne, *Die erwürgte Frau*, 1870/72. Foto: AKG, Berlin

Alexander Etienne, Wundarzt, wurde gleichzeitig mit Herrn Dumas zur Leichenschau gerufen. Er bestätigte die Aussagen und Ansichten von Herrn Dumas.

Weitere Tatsachen von Belang sind nicht ermittelt worden, obwohl noch mehrere Personen vernommen wurden. Ein so rätselhafter und in allen seinen Einzelheiten so unfaßbarer Mord ist in Paris bisher noch nicht begangen worden, vorausgesetzt, daß es sich überhaupt um einen Mord handelt. Die Polizei ist vollständig ratlos, ein bei derartigen Begebenheiten höchst außergewöhnliches Ereignis. Kurz, bisher fehlt jeder Anhaltspunkt.«

Die Abendausgabe der Zeitung stellte fest, daß im Quartier St. Roch andauernd die größte Erregung herrsche, daß die betreffenden Lokalitäten noch einmal aufs sorgfältigste durchsucht und neue Zeugenverhöre eingeleitet worden seien, aber alles ohne Ergebnis. In einer Nachschrift wurde allerdings mitgeteilt, daß Adolphe Lebon verhaftet worden sei, obwohl mit Ausnahme der schon angeführten Tatsachen nichts Belastendes gegen ihn vorzuliegen scheine.

Dupin schien an dem Verlauf dieser Affäre auf besondere Weise interessiert, wenigstens schloß ich das aus seinem Benehmen, denn er ließ sich nicht zu Erklärungen herbei. Erst als die Verhaftung Lebons bekannt wurde, befragte er mich um meine Ansicht über diesen Doppelmord. Ich konnte mich nur der Meinung von ganz Paris anschließen und ihn für ein unlösliches Rätsel erklären. Ich sah keine Möglichkeit, dem Mörder auf die Spur zu kommen.

»Wir dürfen diese Möglichkeiten nicht nach jenem Zerrbild einer Untersuchung beurteilen«, antwortete er. »Die wegen ihres Scharfblickes so sehr gerühmte Pariser Polizei ist routiniert, weiter nichts. Sie geht nicht methodisch vor, höchstens nach jener Methode, die der Augenblick eingibt. Man setzt einen großen Apparat in Bewegung, aber nicht selten entsprechen die getroffenen Maßnahmen so wenig den vorgesetzten Zielen, daß mir Herr Jourdain in den Sinn kommt, der nach seiner robe de chambre rief ›pour mieux entendre la musique‹. Die auf diese Weise erzielten Erfolge sind bisweilen verblüffend, aber in den meisten Fällen nichts als das Resultat von Eifer und Betriebsamkeit. Sobald diese beiden Qualitäten nicht ausreichen, schlagen alle ihre Unternehmungen fehl. Vidocq zum Beispiel hatte eine gute Spürnase und war ein ausdauernder Mann. Aber aus Mangel an geschultem Denken ließ er sich gerade durch seinen Eifer bei seinen Nachforschungen beständig in die Irre führen. Er beeinträchtigte seine Erkenntnis, indem er sich den Gegenstand zu nahe vors Auge hielt. Er mochte auf diese Weise vielleicht ein oder zwei Punkte mit ungewöhnlicher Schärfe sehen, aber damit verlor er zugleich den Blick für die Sache als Ganzes. So geht es, wenn man zu tiefgründig sein will. Wahrheit ist nicht immer in einem Brunnen. Vielmehr glaube ich, daß sie, was die nützlicheren Kenntnisse anbelangt, unweigerlich an der Oberfläche liegt. Die Tiefe narrt uns, wenn wir sie auf dem Grunde der Täler suchen und nicht auf dem Gipfel der Berge, wo sie zu finden ist. Die Beobachtung der Himmelskörper liefert uns treffliche Beispiele für den Ursprung und die Art solcher Irrtümer. Man werfe auf einen Stern einen raschen Blick, betrachte ihn von der Seite, indem man sein Licht auf die äußeren Teile der Netzhaut fallen läßt, die für schwache Lichteindrücke empfindlicher sind als die inneren, und man wird den Stern deutlich sehen und am besten seinen Glanz abschätzen können; den Glanz, der in dem Maße verblaßt, wie wir ihm unser Gesicht voll zuwenden. Zwar trifft im letzteren Falle eine größere Anzahl von Strahlen unser Auge, aber im ersteren haben wir die viel feinere Empfänglichkeit. Durch unangemessene ›Tiefe‹ verwirren und schwächen wir das Denken. Und es ist möglich, selbst die Venus am Firmament verschwinden zu lassen, wenn man sie allzu anhaltend, zu aufmerksam oder zu unmittelbar fixiert.

Was nun diese Morde betrifft, so wollen wir erst selbst einige Untersuchungen anstellen, bevor wir uns ein Urteil über sie bilden. Die Nachforschungen werden uns Vergnügen bereiten« – ich fand diesen Ausdruck in diesem Zusammenhang wenig passend, sagte aber nichts –, »und außerdem hat mir Lebon einmal einen Dienst erwiesen, für den ich mich nicht undankbar zeigen möchte. Lassen Sie uns den Tatort mit unseren eigenen Augen besichtigen. Ich kenne G., den Polizeipräfekten, es wird mir nicht schwerfallen, die nötige Erlaubnis zu erhalten.«

Diese Erlaubnis wurde uns erteilt, und wir begaben uns unverzüglich in die Rue Morgue. Die Rue Morgue ist eines jener elenden Quergäßchen, die die Rue Richelieu mit der Rue St. Roch verbinden. Es war spät am Nachmittag, als wir dort ankamen, da dieser Stadtteil von jenem, in dem wir wohnten, weit entfernt liegt. Das Haus war bald gefunden; es standen noch viele Leute davor, die von der gegenüberliegenden Straßenseite aus mit gegenstandsloser Neugier zu den geschlossenen Fensterläden hinaufgafften. Es war ein gewöhnliches Pariser Haus mit einer Einfahrt, an deren einer Seite sich ein Verschlag mit einem Schiebefensterchen befand, der die Loge des Concierge darstellte. Ehe wir eintraten, gingen wir noch einmal die Straße hinauf, bogen in ein Seitengäßchen ein und gelangten dann, nochmals einbiegend, an die Rückseite des Gebäudes. Dupin betrachtete währenddessen das Haus selbst ebenso wie die ganze Umgebung mit einer bis in die kleinsten Kleinigkeiten gehenden Aufmerksamkeit, deren Zweck ich keineswegs einzusehen vermochte.

Wir gingen wieder zurück, gelangten vor die Vorderfront des Hauses, läuteten, zeigten unseren Passierschein vor und wurden von dem wachhabenden Polizisten eingelassen. Wir stiegen die Treppe hinauf in das Zimmer, wo die Leiche von Mademoiselle L'Espanaye gefunden worden war und wo noch immer die beiden Ermordeten lagen.

Die Verwüstung in dem Zimmer hatte man, wie in solchen Fällen üblich, unangetastet gelassen. Ich entdeckte nichts weiter, als was in der *Gazette des Tribunaux* mitgeteilt worden war. Dupin hingegen prüfte alles auf das genaueste, die Leichen der beiden Opfer mit eingeschlossen. Dann gingen wir in die anderen Zimmer und auf den Hof. Ein Gendarm begleitete uns überallhin. Diese Untersuchung nahm uns bis zum Einbruch der Dunkelheit in Anspruch; dann verließen wir das Haus. Auf dem Nachhauseweg trat mein Begleiter für einen Augenblick in das Büro einer Tageszeitung ein.

Ich habe schon gesagt, daß mein Freund mancherlei Schrullen hatte und daß »je les menageais« – für diese Redensart gibt es in unserer Sprache keinen gleichwertigen Ausdruck. Diesmal beliebte es ihm, jedes Gespräch über den Mord bis zum Mittag des nächsten Tages abzulehnen, an dem er mich plötzlich fragte, ob ich an dem Orte der Greueltat nichts Eigentümliches bemerkt hätte.

In der Art, wie er das Wort »Eigentümliches« betonte, lag etwas, das mich schaudern machte, ohne daß ich wußte warum.

»Nein, nichts Eigentümliches«, erwiderte ich; »wenigstens nichts weiter, als was wir beide in der Zeitung gelesen haben.«

»Die *Gazette*«, meinte er, »hat, wie ich fürchte, das außergewöhnlich Grauenhafte der Sache nicht erfaßt. Aber lassen wir die müßigen Betrachtungen dieses Blattes. Es scheint mir, als ob das Rätsel gerade aus jenem Grunde für unlöslich angesehen wird, der bewirken sollte, daß man seine Lösung für einfach hält – ich meine das Übertriebene im Charakter und in allen wesentlichen Einzelheiten der Tat. Die Polizei verliert den Kopf, weil scheinbar kein Motiv für den Mord vorliegt – das heißt nicht für den Mord selbst, sondern für die scheußliche Wildheit des Mordes. Ferner läßt sie sich verblüffen durch die scheinbare Unmöglichkeit, die streitenden Stimmen, die man gehört hat, mit der Tatsache in Einklang zu bringen, daß außer der ermordeten Mademoiselle L'Espanaye niemand oben entdeckt wurde und daß keine Möglichkeit bestand zu fliehen, ohne von den die Treppe heraufkommenden Leuten gesehen zu werden. Die seltsame Verwüstung im Zimmer, das Hinaufstoßen des Leichnams in den Rauchfang mit dem Kopf nach unten, die furchtbaren Verstümmelungen am Körper der alten Dame – die Erwägung all dieser Umstände zusammen mit den kurz vorher genannten und anderen, die ich nicht besonders anzuführen brauche, reichen aus, den vielgerühmten Scharfblick der Regierungsbeamten zuschanden werden zu lassen und somit ihre Geisteskraft völlig zu lähmen. Sie sind in den groben, aber weit verbreiteten Irrtum verfallen, das Außergewöhnliche mit dem Abstrusen zu verwechseln. Aber gerade durch diese Abweichungen von der Bahn des Gewohnten findet der Verstand, sofern das überhaupt möglich ist, seinen Weg auf der Suche nach der Wahrheit. Bei solchen Untersuchungen wie derjenigen, der wir uns jetzt widmen, sollte man nicht so sehr fragen: Was ist geschehen? als vielmehr: Was ist geschehen, das nie zuvor geschah? Mit einem Wort, die Leichtigkeit, mit der es mir gelingen wird – oder schon gelungen ist –, das Rätsel zu lösen, steht im direkten Verhältnis zu seiner vermeintlichen Unlöslichkeit in den Augen der Polizei.«

Ich starrte meinen Freund voll sprachloser Verwunderung an.

»Ich erwarte jetzt«, fuhr er mit einem Blick nach unserer Zimmertür fort, »ich erwarte jetzt ein Individuum, das, wiewohl es vermutlich diese Metzelei nicht selbst angerichtet hat, dennoch bis zu einem gewissen Grade darein verwickelt sein muß. An dem schlimmsten Teil des begangenen Verbrechens trägt es wahrscheinlich keine Schuld. Ich hoffe mich in dieser Annahme nicht zu täuschen, denn auf sie gründe ich meine Hoffnung, das ganze Geheimnis zu enträtseln. Ich erwarte diesen Mann hier in diesem Zimmer jeden Augenblick. Mag sein, daß er nicht kommt, aber die Wahrscheinlichkeit ist groß, daß er kommt. In diesem Falle wird es nötig sein, ihn festzuhalten. Hier sind Pistolen; wir wissen ja beide davon Gebrauch zu machen, wenn die Gelegenheit es erfordert.«

Ich ergriff, fast ohne zu wissen, was ich tat, und ohne zu glauben, was ich hörte, die Pistolen, während Dupin, gleichsam im Selbstgespräch, seinen Bericht fortsetzte. Sein rätselhaftes Wesen in solchen Augenblicken habe ich schon erwähnt. Seine Worte waren zwar an mich gerichtet, dennoch war in seiner Stimme, obwohl er sie keineswegs erhob, ein Klang, als ob er zu jemandem in weiter Ferne spräche. Seine Augen starrten mit leerem Ausdruck auf die Wand.

»Daß die streitenden Stimmen, die die Leute auf der Treppe hörten, nicht die Stimmen der beiden Frauen waren, ist durch die Zeugenaussagen klar erwiesen. Das befreit uns von jedem Zweifel hinsichtlich der Frage, ob die alte Dame nicht zuerst ihre Tochter umgebracht und dann Selbstmord begangen haben könnte. Ich erwähne diesen Punkt hauptsächlich aus Liebe zur Methode, denn die Kräfte von Madame L'Espanaye wären keineswegs der Aufgabe gewachsen gewesen, den Leichnam ihrer Tochter so in den Rauchfang hinaufzustoßen, wie man ihn gefunden hat; und die Natur der Verwundungen an ihrem eigenen Körper schließt die Möglichkeit eines Selbstmordes völlig aus. Ein Mord ist also begangen worden, und zwar von Dritten, und diese Dritten waren es, deren Stimmen man streiten hörte. Ich möchte jetzt Ihre Aufmerksamkeit nicht auf die ganze Zeugenaussage hinsichtlich dieser Stimmen lenken, sondern nur auf das Eigentümliche in diesen Aussagen. Ist Ihnen nicht etwas Besonderes daran aufgefallen?«

Ich bemerkte, daß alle Zeugen zwar in der Annahme einig waren, die grobe Stimme sei die eines Franzosen gewesen, daß ihre Meinungen über die schrille oder, wie einer sie bezeichnete, die heisere Stimme jedoch beträchtlich voneinander abwichen.

»Das sind die Aussagen selbst, aber es ist nicht das Eigentümliche an ihnen«, sagte Dupin. »Sie haben nichts Auffälliges entdeckt, und doch war etwas zu entdecken. Die Zeugen waren sich, wie Sie sagen, über die grobe Stimme einig; hier gab es nur eine Meinung. Aber was die schrille Stimme angeht, so liegt das Eigentümliche nicht in der Uneinigkeit der Zeugen, sondern darin, daß ein Italiener, ein Engländer, ein Spanier, ein Holländer, ein Franzose, als sie sie zu beschreiben versuchten – daß jeder von ihr als von der Stimme eines Fremden spricht. Jeder von ihnen weiß sicher, daß es nicht die Stimme eines seiner Landsleute war, keiner vergleicht sie mit der Stimme irgendeines Ausländers, in dessen Sprache er bewandert ist, sondern im Gegenteil: der Franzose hält sie für die Stimme eines Spaniers und ›würde wohl einige Worte herausbekommen haben, wenn er des Spanischen mächtig wäre‹. Der Holländer behauptet, daß es die Stimme eines Franzosen war. Wir finden aber die Feststellung, ›daß der Zeuge, da er nicht französisch spricht, durch einen Dolmetscher vernommen wurde‹. Der Engländer meint, es sei die Stimme eines Deutschen gewesen, und ›versteht nicht deutsch‹. Der Spanier weiß sicher, daß es die eines Engländers war, ›urteilt aber nach dem Tonfall, da er nicht englisch kann‹. Der Italiener glaubte, es sei die Stimme eines Russen, ›hat sich aber niemals mit einem Russen unterhalten‹. Noch mehr: ein zweiter Franzose behauptet, abweichend von dem ersten, es sei italienisch gewesen: ›da er aber mit dieser Sprache nicht vertraut ist, schließt er wie der Spanier mit Sicherheit aus dem Tonfall‹. Nun, wie seltsam, wie ungewöhnlich muß diese Stimme in Wahrheit gewesen sein, daß über sie derartige Zeugenaussagen möglich waren! Eine Stimme, in der die Vertreter der fünf großen Nationen Europas keinen vertrauten Laut zu entdecken vermochten! Sie werden sagen, daß es vielleicht die Stimme eines Asiaten, eines Afrikaners war. Nun, weder an Asiaten noch Afrikanern ist in Paris Überfluß; indessen möchte ich, ohne Ihre Vermutung von der Hand zu weisen, Ihre Aufmerksamkeit auf drei Punkte lenken: die Stimme wird von einem der Zeugen als ›eher heiser als schrill‹ bezeichnet. Zwei andere schildern sie als ›schnell und ungleichmäßig‹. Daß Worte oder wortähnliche Lautbildungen zu unterscheiden waren, wird von keinem der Zeugen angegeben.

Ich weiß nicht«, fuhr Dupin fort, »welchen Eindruck ich mit dem bisher Gesagten auf Ihr Verständnis gemacht habe, doch stehe ich nicht an zu behaupten, daß berechtigte Schlußfolgerungen aus ebendiesem Teil der Zeugenaussagen – dem Teil, der die grobe und die schrille Stimme betrifft – an und für sich genügen, einen Verdacht zu wecken, der allen künftigen Schritten in der Untersuchung dieses Rätsels die Richtung weisen muß. Ich sprach von ›berechtigten Schlußfolgerungen‹, doch damit ist meine Meinung noch nicht erschöpfend ausgedrückt. Ich möchte darunter verstanden wissen, daß diese Schlußfolgerungen die allein richtigen sind und daß der erwähnte Verdacht ihnen unvermeidlich als einziges Resultat entspringt. Welcher Art nun dieser Verdacht ist, will ich Ihnen vorerst nicht sagen. Doch bitte ich Sie, sich vor Augen zu halten, daß er für mich zwingend genug war, um meinen Nachforschungen in jenem Zimmer ein fest umrissenes Ziel zu geben.

Versetzen wir uns im Geiste in jenes Zimmer. Wonach müssen wir dort zuerst suchen? Nach dem Ausgang, den die Mörder zur Flucht benutzt haben. Es ist überflüssig zu sagen, daß keiner von uns beiden an übernatürliche Vorkommnisse glaubt. Madame und Mademoiselle L'Espanaye sind nicht von Geistern umgebracht worden. Nun, zum Glück gibt es nur eine Methode, uns über diese Sache Klarheit zu verschaffen, und diese Methode muß uns zu einer bestimmten Entscheidung führen. Lassen Sie uns Punkt für Punkt die verschiedenen Möglichkeiten der Flucht erwägen. Es ist klar, daß, als die Leute die Treppe heraufkamen, die Mörder in diesem Zimmer waren, wo man Mademoiselle L'Espanaye gefunden hat, oder zumindest in dem daneben gelegenen. Demnach haben wir nur nach den Ausgängen aus diesen beiden Räumen zu suchen. Die Polizei hat die Dielen, die Decke, die Wände nach allen Richtungen hin untersucht. Geheime Ausgänge können ihrem Scharfblick nicht entgangen sein. Trotzdem traute ich ihren Augen nicht und prüf-

te selbst alles nach. Tatsächlich, geheime Ausgänge
sind nicht vorhanden. Beide Türen, die aus den Zimmern auf den Flur führen, waren fest verschlossen, die
Schlüssel steckten von innen. Sehen wir uns die
Schornsteine an. Sie haben zwar bis zu einer Höhe
von acht bis zehn Fuß über der Feuerstelle die üb-
liche Weite, würden aber weiter oben kaum den Körper einer größeren Katze durchlassen. Da also die
Unmöglichkeit einer Flucht auf den eben erwähnten
Wegen unbestreitbar ist, bleiben uns nur noch die
Fenster. Durch die Fenster des vorderen Zimmers
konnte niemand entfliehen, ohne von der Menge auf
der Straße entdeckt zu werden. Die Mörder müssen
demnach die Fenster des nach rückwärts gelegenen
Zimmers benutzt haben. Sind wir aber einmal auf
so unzweideutige Weise zu diesem Schluß gelangt,
so steht es uns als denkenden Köpfen nicht zu, ihn
auf Grund einer scheinbaren Unmöglichkeit zu ver-
werfen. Vielmehr obliegt uns der Beweis, daß diese
scheinbare Unmöglichkeit in Wirklichkeit gar keine
ist.

Das Zimmer hat zwei Fenster. Eines von ihnen ist
nicht durch Möbel verstellt und vollständig sichtbar.
Der untere Teil des anderen wird durch das Kopfende
der schwer beweglichen Bettstelle verstellt, die dicht
an das Fenster herangeschoben ist. Das erste Fenster
fand ich von innen fest verschlossen. Es widerstand
der äußersten Kraftanstrengung derer, die es hinauf-
zuschieben versuchten. In die linke Seite seines Rah-
mens war ein großes Loch gebohrt worden, in das ein
starker Nagel fast bis zum Kopf eingetrieben war. Bei
der Untersuchung des zweiten Fensters zeigte sich ein

Paul Cézanne, *Der Mord,* 1868. Foto: AKG, Berlin

ähnlicher Nagel, der ähnlich im Rahmen steckte, und ein energischer Versuch, es zu heben, war gleichfalls erfolglos. Die Polizei war nun vollständig überzeugt davon, daß die Flucht auf diesem Wege nicht erfolgt sei. Darum hielt sie es auch für überflüssig, die Nägel herauszuziehen und die Fenster zu öffnen.

Meine eigene Untersuchung war einigermaßen genauer, und zwar aus dem Grund, den ich eben angeführt habe: weil hier, wie ich klar erkannte, bewiesen werden mußte, daß die scheinbare Unmöglichkeit in Wirklichkeit keine ist.

Ich zog auf diese Weise weiter meine Schlüsse – a posteriori. Die Mörder sind durch eines der beiden Fenster entkommen. War das der Fall, so können sie die Schiebefenster nicht so von innen wieder verschlossen haben, wie man sie vorgefunden hat, eine Erwägung, die durch ihre Unbestreitbarkeit den Nachforschungen der Polizei auf diesem Gebiet ein Ziel setzte. Nun, die Schiebefenster waren geschlossen. Es muß demnach möglich sein, daß sie sich von selbst schließen. Dieser Folgerung war nicht zu entrinnen. Ich trat also an das freistehende Fenster, zog mit einiger Mühe den Nagel heraus und versuchte es hochzuschieben. Wie ich vorausgesehen hatte, widerstand es allen meinen Bemühungen. Eine verborgene Feder, das wußte ich jetzt, mußte vorhanden sein, und diese Bestätigung meiner Vermutung bewies mir zum mindesten, daß meine Prämissen richtig seien, obwohl die Sache mit den Nägeln noch dunkel blieb. Nach sorgfältigem Suchen machte ich bald die verborgene Feder ausfindig; ich drückte auf sie und unterließ, von meiner Entdeckung befriedigt, das Öffnen der Fenster.

Nun brachte ich den Nagel wieder in seine vorige Lage und betrachtete ihn aufmerksam. Wenn jemand durch dieses Fenster hinausstieg, konnte er es wieder zufallen lassen, und die Feder würde einschnappen – aber der Nagel wäre nicht an seinem alten Platz. Der Schluß war einleuchtend und schränkte wiederum das Feld meiner Untersuchungen ein. Die Mörder mußten also durch das andere Fenster entflohen sein. Angenommen nun, daß die Federn an beiden Fenstern gleich waren, und das schien wahrscheinlich, so mußte ein Unterschied zwischen den Nägeln bestehen, wenigstens in der Art ihrer Befestigung. Ich stieg auf den Strohsack der Bettstelle und sah mir über das Kopfende der Bettstelle hinweg das zweite Fenster genau an. Dann fuhr ich mit der Hand hinter das Bett, entdeckte sofort die Feder und betätigte sie. Sie glich, wie ich angenommen hatte, genau der ersten. Nun sah ich nach dem Nagel. Er war ebenso stark wie der erste und allem Anschein nach in derselben Weise eingeschlagen, das heißt bis beinahe an den Kopf.

Sie werden meinen, daß ich nun in Verlegenheit kam. Aber wenn Sie das glaubten, hätten Sie die Art meiner Induktionen mißverstanden. Um einen Jagdausdruck zu gebrauchen: ich war nicht ein einziges Mal auf falscher Fährte, ich verlor die Spur nicht einen Augenblick lang. Die Glieder der Kette fügten sich ohne Lücke ineinander. Ich hatte dem Geheimnis bis in seinen letzten Schlupfwinkel nachgestellt, und dieser letzte Schlupfwinkel war der Nagel. Er sah, wie ich schon sagte, genauso wie sein Kamerad im anderen Fenster aus; aber dieser Anschein, so entschieden er sich auch gebärden mochte, schrumpfte zur völligen Bedeutungslosigkeit zusammen vor der Erwägung, daß bis hierher, bis an diesen Punkt die Spur führte. Mit diesem Nagel muß etwas faul sein, sagte ich mir. Ich faßte hin und hielt den Kopf samt einem etwa ein Viertelzoll langen Stück des Schaftes in meinen Fingern. Der Rest des Schaftes blieb in dem Bohrloch stecken, in dem er abgebrochen war. Der Bruch war alt, denn seine Ränder waren angerostet. Vermutlich hatte ihn der Schlag eines Hammers verursacht, mit dem man den oberen Teil des Nagels in den Fensterrahmen eingetrieben hatte. Nun steckte ich den oberen Teil des Nagels wieder sorgfältig in die Höhlung, aus der ich ihn herausgenommen hatte, und er sah wieder völlig wie ein ganzer Nagel aus. Der Schaden war nicht zu bemerken. Ich drückte auf die Feder, schob sachte das Fenster um wenige Zoll in die Höhe, der Nagelkopf ging mit und blieb fest in seinem Loch. Ich schloß das Fenster, und wieder hatte es den Anschein, als ob der Nagel ganz sei.

Soweit war das Rätsel nun enträtselt. Der Mörder war durch das Fenster hinter dem Bett entkommen. Mochte es nun nach seiner Flucht von selbst wieder zugefallen oder auch mit Absicht zugedrückt worden sein, die Feder war jedenfalls wieder eingeschnappt; und dieser Verschluß durch die Feder war von der Polizei irrtümlich dem Nagel zugeschrieben worden, weshalb sie weitere Untersuchungen für unnötig gehalten hatte.

Die nächste Frage war: wie kann man von dort in den Hof gelangen? Über diesen Punkt hatte ich mich durch unseren gemeinsamen Rundgang um das Haus genügend unterrichtet. Ungefähr fünfeinhalb Fuß von dem erwähnten Fenster entfernt läuft ein Blitzableiter. Von diesem Blitzableiter aus hätte niemand das Fenster erreichen, geschweige denn einsteigen können; indessen fiel mir auf, daß die Fensterläden des vierten Stockwerkes von jener besonderen Art sind, welche die Pariser Tischler ›ferrades‹ nennen, Fensterläden, die heutzutage selten verwendet werden, die man aber häufig an sehr alten Bauten in Bordeaux und Lyon antrifft. Sie haben die Gestalt einer gewöhnlichen Tür, einer einfachen, kleinen Flügeltür, nur daß ihre obere Hälfte durchbrochen oder als offenes Gitterwerk gearbeitet ist, also den Händen einen trefflichen Halt bietet. In unserem Falle sind diese Läden volle dreieinhalb Fuß breit. Als wir sie von der Rückseite des Hauses aus betrachteten, waren sie beide ungefähr halb offen, das heißt, sie standen in einem rechten Winkel von der Hausmauer ab. Es ist anzunehmen, daß die Polizeibeamten so gut wie ich selbst die Rückseite des Gebäudes einer Besichtigung unterzogen; da sie aber in diesem Falle die ›ferrades‹ natürlich in perspektivischer Verkürzung sahen, fiel ihnen nicht auf, wie breit sie waren, oder jedenfalls versäumten sie, das gebührend in Betracht zu ziehen. Da sie nun einmal die Meinung gefaßt hatten, daß ein Entkommen hier unmöglich war, schenkten sie diesem Teil selbstverständlich nur ganz flüchtige Beachtung. Mir hingegen war klar, daß der zu dem Fenster hinter dem Bett gehörige Laden, wenn er bis an die Mauer zurückgeschlagen wurde, von dem Blitzableiter nur zwei Fuß entfernt war. Zugleich stand für mich fest, daß man, sofern man einen ganz außergewöhnlichen Grad von Gewandtheit und Mut entfaltete, von dem Blitzableiter aus durch das Fenster einzusteigen vermochte. War nun ein Verbrecher einmal bis zu dieser zweieinhalb Fuß entfernten Stelle gelangt – wir nehmen jetzt an, daß der Laden ganz offen ist –, so hätte er an dem Gitterwerk einen sicheren Halt finden können; ließ er dann den Blitzableiter los und stemmte er sich mit den Füßen fest gegen die Mauer, so hätte er mit einem kühnen Absprung den Laden gegen das Fenster stoßen und, wenn wir annehmen, daß das Fenster offen war, sich sogar in das Zimmer schwingen können.

Ich bitte Sie, sich besonders fest einzuprägen, daß ich sagte, es sei ein ganz außergewöhnlicher Grad von Gewandtheit zum Gelingen eines so schwierigen Wagnisses erforderlich.

Meine Absicht ist, Ihnen erstens zu zeigen, daß die Sache überhaupt möglich war, zweitens aber und hauptsächlich, Sie auf den ganz außerordentlichen, ja fast übernatürlichen Charakter dieser Behendigkeit hinzuweisen.

Sie werden, indem Sie sich der Sprache der Juristen bedienen, allerdings einwenden, daß ich zur Stärkung meiner Beweisführung besser daran täte, die in diesem Falle erforderliche Behendigkeit eher niedriger anzuschlagen, als auf ihrer vollen Einschätzung zu beharren. Das mag die Praxis vor Gericht sein, der Brauch der Vernunft ist es nicht. Mein letztes Ziel ist einzig und allein die Wahrheit. Augenblicklich möchte ich Sie dahin führen, die ganz außergewöhnliche Gewandtheit, von der ich eben sprach, und die sehr fremdartige, schrille – oder heisere – und ungleichmäßige Stimme, über deren Nationalität nicht zwei Personen derselben Meinung waren und in deren Lauten keinerlei Silbenbildung entdeckt werden konnte, nebeneinanderzuhalten.«

Bei diesen Worten tauchte in mir unbestimmt und schattenhaft eine Vorstellung von dem auf, was Dupin wohl meinen konnte. Ich schien an der Schwelle des Verstehens, ohne jedoch verstehen zu können; wie Menschen bisweilen am Rande der Erinnerung schweben, ohne sich wirklich erinnern zu können.

Mein Freund fuhr in seiner Rede fort. »Wie Sie sehen«, sagte er, »bin ich von der Frage, auf welchem Wege das Zimmer verlassen wurde, zu der Frage übergesprungen: wie gelangte man hinein? Das geschah in der Absicht, Ihnen zu zeigen, daß beides in der nämlichen Weise und an der nämlichen Stelle ausgeführt wurde. Wenden wir uns nun wieder dem Innern des Zimmers zu und nehmen wir hier alles in Augenschein. Die Schubladen des Sekretärs sind, wie man behauptet, ausgeplündert worden, obwohl noch viele Toilettengegenstände darin verblieben sind. Diese Schlußfolgerung ist hier geradezu absurd, nicht mehr und nicht weniger als pure Raterei, noch dazu eine recht alberne. Wie können wir wissen, ob außer diesen Gegenständen noch andere in diesen Schubfächern waren? Madame L'Espanaye und ihre Tochter lebten äußerst zurückgezogen, empfingen keine Besuche, gingen selten aus und hatten wenig Gelegenheit, viel Toilette zu machen. Was man fand, war von so guter Qualität, wie es überhaupt bei diesen Frauen zu erwarten war. Gesetzt den Fall, ein Dieb hätte etwas davon genommen, warum nahm er dann nicht das Beste? Warum nahm er nicht alles? Mit einem Wort: warum ließ er viertausend Goldfranken im Stich, um sich ein Bündel Wäsche aufzupacken? Und das Gold blieb liegen. Beinahe die ganze von Monsieur Mignaud, dem Bankier, erwähnte Summe wurde in den Beuteln auf dem Fußboden vorgefunden. Ich wünschte daher, daß Sie sich die irrige Annahme, es müsse ein Motiv zu dieser Tat geben, aus dem Kopf schlügen. Sie ist im Hirn der Polizeibeamten durch denjenigen Teil der Zeugenaussagen entstanden, der die Ablieferung des Geldes am Haustor betrifft. Ein ähnliches Zusammentreffen von Umständen, nur zehnmal merkwürdiger als dieses – die Übergabe des Geldes und der drei Tage später erfolgte Mord am Empfänger –, erlebt jeder von uns stündlich, ohne sich nur einen Augenblick damit zu beschäftigen. Im allgemeinen ist das Zusammentreffen verschiedener Umstände ein großer Stein des Anstoßes für jene Klasse schlechtgeschulter Denker, die von der Wahrscheinlichkeitstheorie – einer Theorie, der die menschliche Forschung die glorreichsten Errungenschaften verdankt – keine Ahnung haben. Wäre im vorliegenden Falle das Gold verschwunden gewesen, so hätte die Tatsache seiner drei Tage vorher erfolgten Ablieferung mehr als einen bloßen Zufall bedeutet. Sie hätte uns in der Annahme eines Motivs bestärkt. Wenn wir aber unter den vorliegenden Umständen das Gold für den Beweggrund der Gewalttat ansehen, müssen wir zugleich den Verbrecher für einen so wankelmütigen Idioten halten, daß er das Gold mitsamt seinem Motiv im Stich ließ.

Halten wir nun die Punkte fest, auf die ich Ihre Aufmerksamkeit gelenkt habe: nämlich die sonderbare Stimme, die ungemeine Behendigkeit und, was uns am meisten verblüfft, das gänzliche Fehlen eines Motivs für diesen so ausnehmend scheußlichen Mord, und werfen wir einen Blick auf die Metzelei selbst. Da ist eine Frau, die mit Händen erwürgt und mit dem Kopf nach unten in den Kamin hinaufgestoßen wird. Gewöhnliche Mörder pflegen nicht so zu morden, am allerwenigsten werden sie ihr Opfer auf diese Weise beseitigen. Die Art, wie der Leichnam in den Kamin hinaufgestoßen wurde, ist, wie Sie zugeben müssen, unerhört outré. Zugleich ist da etwas, das sich mit unseren gewöhnlichen Begriffen von menschlichem Tun nicht in Einklang bringen läßt, selbst wenn wir uns die allerverderbtesten Menschen als Täter vorstellen. Bedenken Sie endlich, welche ungeheure Kraft dazu erforderlich war, den Körper in eine solche Öffnung so gewaltsam hinaufzustoßen, daß die vereinten Kräfte mehrerer Personen eben ausreichten, um ihn wieder herunterzuziehen.

Wenden wir uns nun den weiteren Beweisen für die Anwendung einer höchst staunenswerten Kraft zu. Auf der Feuerstelle fand man dicke Strähnen, sehr dicke Strähnen grauen Menschenhaares. Sie waren mit den Wurzeln ausgerissen. Sie wissen, welch große Kraft dazu gehört, auch nur zwanzig bis dreißig Haare auf diese Weise auszureißen. Sie haben diese Haarsträhnen ebensogut gesehen wie ich. An diesen Wurzeln hängen in Klumpen, ein scheußlicher Anblick, Stückchen von Fleisch und der Kopfhaut, ein sicheres Zeichen für die ungeheure Kraft, mit der vielleicht eine halbe Million Haare auf einmal ausgerissen wurden. Der Hals der alten Dame war nicht allein durchschnitten, sondern der Kopf war regelrecht vom Rumpf abgetrennt. Das Instrument war ein einfaches

Rasiermesser. Ich bitte Sie, auch die tierische Wildheit der Tat zu beachten. Von den Quetschungen am Körper der Madame L'Espanaye will ich nicht sprechen. Monsieur Dumas und sein würdiger Helfer Monsieur Etienne haben sich dahin ausgesprochen, daß sie von einem stumpfen Werkzeug herrühren, und so weit haben die beiden Herren vollkommen recht. Das stumpfe Werkzeug war offenbar das Steinpflaster des Hofes, auf den das Opfer aus dem Fenster hinter dem Bett gefallen ist. Dieser Gedanke, so einfach er jetzt aussieht, kam der Polizei nicht in den Sinn, aus demselben Grunde, weshalb ihr die Breite der Fensterläden entging: weil nämlich die Sache mit den Nägeln ihr Verständnis hermetisch gegen die Möglichkeit abgeriegelt hatte, daß die Fenster überhaupt jemals geöffnet worden waren.

Wenn Sie nun zum Überfluß auch noch die seltsame Verwüstung des Zimmers gebührend berücksichtigen, so sind wir jetzt dahin gelangt, folgende Vorstellungen miteinander zu verbinden: eine erstaunliche Gewandtheit, übermenschliche Stärke, tierische Wildheit, eine Metzelei ohne Motiv, eine Groteske des Entsetzlichen, die allem Menschlichen fremd ist, eine Stimme, die den Angehörigen der verschiedenen Nationen fremdländisch klingt und jeder deutlichen und verständlichen Silbenbildung entbehrt. Zu welchem Ergebnis kommen Sie nun? Welchen Eindruck habe ich auf Ihre Einbildungskraft gemacht?«

Ein Schauder überlief mich, als Dupin diese Frage an mich richtete. »Ein Irrer«, antwortete ich, »hat die Tat verübt, irgendein tobsüchtiger Narr, der aus einer benachbarten Maison de Santé entsprungen ist.«

»In gewisser Hinsicht«, erwiderte er, »ist Ihre Annahme nicht ganz unangemessen. Aber die Stimme
der Verrückten hat selbst in ihrem wildesten Paroxys-
mus niemals etwas mit jener sonderbaren, im Stie-
genhaus gehörten Stimme gemein. Verrückte gehören
doch irgendeiner Nation an, und ihre Rede, mag sie
aus noch so unzusammenhängenden Worten bestehen, bewahrt doch immer den Zusammenhang der
Silbenbildung. Überdies sehen die Haare eines Wahnsinnigen nicht so aus wie diejenigen, die ich hier in
der Hand halte. Dieses Büschel Haare habe ich den
zusammengekrampften Fingern von Madame L'Espanaye entwunden. Sagen Sie mir, was Sie davon halten.«

»Dupin«, sagte ich ganz entgeistert, »das ist ein
ganz sonderbares Haar. Das ist kein Menschenhaar.«

»Das habe ich auch keineswegs behauptet«, erwiderte er. »Aber bevor wir uns hinsichtlich dieses Punkts
entscheiden, möchte ich Sie bitten, einen Blick auf
diese kleine Skizze zu werfen, die ich hier auf diesem
Blatt Papier entworfen habe. Es ist eine genaue Wie-
dergabe dessen, was ein Teil der Zeugen als dunkle
Quetschungen und tief einschneidende Eindrücke von
Fingernägeln am Halse der Madame L'Espanaye bezeichnete und ein anderer – die Herren Dumas und
Etienne – als eine Reihe von blutunterlaufenen Stellen, die augenscheinlich durch den Druck von Fingern
hervorgebracht wurden. Sie werden bemerken«, fuhr
mein Freund fort, indem er das Papier auf dem Tische
vor uns ausbreitete, »daß diese Zeichnung die Vorstellung von einer festen, eisernen Umklammerung gibt.
Hier ist kein Abgleiten ersichtlich. Jeder dieser Finger

ist, vermutlich bis zum Tode des Opfers, genau an der Stelle verblieben, wo er sich zuerst mit furchtbarem Griff eingekrallt hat. Versuchen Sie nun, alle Ihre Finger gleichzeitig auf die Ihnen entsprechenden Eindrücke zu setzen, so wie sie hier gezeichnet sind.«

Ich versuchte es, jedoch vergeblich.

»Vielleicht haben wir die Probe nicht richtig gemacht«, sagte er. »Dies Blatt Papier ist auf einer ebenen Fläche ausgespannt, der menschliche Hals jedoch ist walzenförmig. Hier ist eine hölzerne Stange, die ungefähr den Umfang eines Halses hat. Legen Sie das Papier herum und machen Sie den Versuch noch einmal.«

Ich tat es, aber die Unmöglichkeit sprang nun noch mehr in die Augen als das erstemal.

»Das sind nicht die Spuren einer Menschenhand«, sagte ich.

»Lesen Sie jetzt«, antwortete Dupin, »diesen Abschnitt im Guvier.«

Es war ein ausführlicher anatomischer und allgemein beschreibender Bericht über den großen, rotbraunen Orang-Utan der ostindischen Inseln. Die riesige Gestalt, die erstaunliche Kraft und Gewandtheit, die ungebändigte Wildheit und der Nachahmungstrieb dieses Säugetieres sind jedermann zur Genüge bekannt. Mit einemmal verstand ich all das Grauenvolle dieses Mordes.

»Die Beschreibung der Finger«, sagte ich, als ich zu Ende gelesen hatte, »stimmt mit dieser Zeichnung genau überein. Ich sehe, daß nur ein Orang-Utan von der hier angeführten Gattung diese Fingereindrücke, wie Sie sie hier gezeichnet haben, hinterlassen haben

Adolph von Menzel, *Wohnzimmer mit Justizminister Maercker,*
um 1847/48. Foto: AKG, Berlin

kann. Auch dieses Büschel lohfarbenen Haars ist von der gleichen Beschaffenheit wie das des Tieres im Cuvier. Dennoch kann ich die Einzelheiten dieses furchtbaren Geheimnisses nicht begreifen. Überdies sind zwei streitende Stimmen gehört worden, von denen die eine zweifellos die eines Franzosen war.«

»Sehr richtig! Und Sie werden sich der Zeugenaussagen erinnern, die ihm fast einmütig die Worte: ›Mon Dieu!‹ in den Mund legten. Sie sind in diesem Falle von einem der Zeugen, dem Konditor Montani, treffend charakterisiert worden als der Ausdruck eines heftigen Vorwurfs oder Verweises.

Auf diese beiden Worte habe ich hauptsächlich meine Hoffnung, das Rätsel völlig zu lösen, aufgebaut. Ein Franzose war Mitwisser des Mordes. Es ist möglich, ja sogar mehr als wahrscheinlich, daß er an der Bluttat, die da begangen wurde, weder Schuld noch Anteil hat. Der Orang-Utan kann ihm entflohen sein, er kann ihn bis zu dem bewußten Zimmer verfolgt, aber infolge der schrecklichen Vorfälle, die sich nun ereigneten, nicht wieder eingefangen haben. Das Tier ist noch in Freiheit. Ich will diesen Mutmaßungen nicht weiter nachgehen – denn ich habe kein Recht, sie anders als Mutmaßungen zu nennen, da die vagen Überlegungen, auf die sie sich stützen, kaum auf einem genügend festen Boden fußen, daß ich selbst ihnen irgendeinen Wert beilegen könnte; ich darf also nicht hoffen, sie dem Verständnis eines anderen begreiflich zu machen. Wir wollen sie mithin Mutmaßungen nennen und als solche behandeln. Wenn indessen der Franzose wirklich, wie ich annehme, an dieser Bluttat unschuldig ist, so wird diese Anzeige, die ich gestern abend bei unserer Rückkehr nach Hause in der Redaktion von *Le Monde* aufgab – einem Blatt, das die Interessen der Schiffahrt vertritt und von Seeleuten bevorzugt wird –, ihn hierher in unsere Wohnung bringen.«

Er reichte mir die Zeitung, und ich las folgendes:

»Eingefangen. Im Bois de Boulogne am frühen Morgen des ... (Datum des Mordes) ein großer, lohfarbener Orang-Utan von der Bornesischen Gattung. Der Eigentümer, von dem man weiß, daß er Matrose auf einem Malteser Schiff ist, kann gegen genügenden Ausweis und Bezahlung der geringen Unkosten für das Einfangen und den Unterhalt des Tieres dasselbe wieder in Empfang nehmen. Näheres Faubourg St. Germain, Rue...«

»Wie in aller Welt«, fragte ich, »konnten Sie wissen, daß der Mann Matrose ist und auf einem Malteser Schiff dient?«

»Ich weiß es nicht«, entgegnete Dupin, »ich bin dessen nicht sicher. Ich habe hier jedoch ein Stückchen Band, das, nach seiner Form und seiner fettigen Beschaffenheit zu schließen, augenscheinlich dazu benutzt worden ist, das Haar in einen jener langen Zöpfe zu binden, wie sie Matrosen so gern tragen. Überdies verstehen außer den Matrosen nur wenige Leute einen solchen Knoten zu knüpfen, und hauptsächlich pflegen die Malteser Matrosen diese Kunst. Ich habe das Band am Fuße des Blitzableiters aufgehoben. Einer der beiden Verstorbenen kann es nicht gehört haben. Sollte ich mich schließlich mit dieser aus dem

Fund des Bandes gezogenen Folgerung, daß der Franzose als Matrose auf einem maltesischen Schiff gedient hat, täuschen, nun, so habe ich doch mit dem, was ich in der Anzeige sage, niemandem Unrecht getan. Wenn ich mich irre, dann wird er eben annehmen, daß ich durch irgendeinen Umstand, dem nachzuforschen er sich nicht die Mühe geben wird, irregeführt worden bin. Habe ich aber recht, so ist viel gewonnen. Als Mitwisser des Mordes wird der Franzose, wenn er selbst auch unschuldig ist, natürlich schwanken, ob er auf die Anzeige antworten und den Orang-Utan zurückfordern soll. Er wird folgendermaßen überlegen: Ich bin unschuldig, ich bin arm. Mein Orang hat einen großen Wert, für jemanden in meinen Verhältnissen bedeutet er fast ein Vermögen. Warum sollte ich ihn aus törichter Furcht vor einer Gefahr aufgeben? Dort ist er, ich brauche nur die Hand auszustrecken. Man hat ihn im Bois de Boulogne, weit entfernt von dem Schauplatz jenes Mordes, gefunden. Wer wird jemals auf den Gedanken kommen, daß ein vernunftloses Tier die Tat begangen hat? Die Polizei ist auf falscher Fährte, sie hat auch nicht die geringste Spur entdecken können. Aber selbst wenn man dem Tier auf der Spur sein sollte, so wäre es doch unmöglich nachzuweisen, daß ich Mitwisser des Mordes bin, und mich auf Grund dessen zu beschuldigen. Vor allem aber: man weiß von mir. Der Verfasser der Anzeige bezeichnet mich als den Besitzer des Tieres. Es ist mir unbekannt, wie weit sich sein Wissen erstreckt. Ließe ich mich davon abhalten, mein wertvolles Eigentum, von dem man weiß, daß es mir gehört, zurückzufordern, so würde ich das Tier mindestens einem Verdacht aussetzen. Es wäre nicht klug von mir, auf mich oder das Tier die Aufmerksamkeit zu lenken. Ich will mich auf die Anzeige hin melden, den Orang holen und ihn sorgfältig in Gewahrsam halten, bis über die Sache Gras gewachsen ist.«

In diesem Augenblick vernahmen wir Schritte auf der Treppe.

»Halten Sie Ihre Pistolen bereit«, sagte Dupin; »aber gebrauchen oder zeigen Sie sie nicht eher, als bis ich Ihnen ein Zeichen gebe.«

Da wir die Haustür offen gelassen hatten, war der Besucher, ohne zu läuten, eingetreten und schon ein paar Stufen hinaufgegangen. Aber plötzlich schien er zu zögern, und schon hörten wir ihn wieder hinuntergehen. Dupin stürzte schnell zur Tür, als wir ihn wieder heraufsteigen hörten. Diesmal machte er nicht kehrt, sondern kam entschlossenen Schrittes und klopfte an unsere Zimmertüre.

»Herein«, rief Dupin in aufmunterndem, herzlichem Ton.

Ein Mann trat ein. Es war zweifellos ein Matrose, ein großer, starker, muskulös aussehender Bursche mit einem gewissen Ausdruck herausfordernder Tollkühnheit in seinen Zügen, der keineswegs gegen ihn einnahm. Sein sonnverbranntes Gesicht war mehr als zur Hälfte von einem mächtigen Schnurr- und Backenbart verdeckt. Er hatte einen dicken Eichenknüttel bei sich, schien aber sonst unbewaffnet. Er grüßte ungeschickt und bot uns einen guten Abend mit einem Akzent, der, obwohl er ein wenig nach Neuchâtel klang, dennoch seinen Pariser Ursprung verriet.

»Setzen Sie sich, mein Freund«, sagte Dupin. »Ich nehme an, Sie kommen wegen des Orang-Utans. Auf mein Wort, ich beneide Sie beinahe um seinen Besitz; ein ausnehmend schönes und zweifellos auch sehr wertvolles Tier! Wie alt mag es wohl sein?«

Der Matrose atmete mit der Miene eines Menschen, der sich von einer unerträglichen Last befreit fühlt, tief auf und antwortete dann mit fester Stimme: »Das kann ich Ihnen nicht sagen, aber er dürfte kaum mehr als vier oder fünf Jahre alt sein. Haben Sie ihn hier?«

»O nein, wir hatten hier keine passende Unterkunft für ihn. Er ist in einem Koststall in der Rue Dubourg, ganz in der Nähe, untergebracht. Dort können Sie ihn morgen früh holen. Natürlich sind Sie imstande, sich als Eigentümer zu legitimieren?«

»Gewiß, mein Herr, das bin ich.«

»Es tut mir leid, mich von ihm zu trennen«, meinte Dupin.

»Sie sollen all die Mühe nicht umsonst gehabt haben«, erklärte der Mann; »das kann ich nicht verlangen. Ich bin gerne bereit, einen Finderlohn zu bezahlen, das heißt, alles was recht ist.«

»Nun«, erwiderte mein Freund, »das ist ja alles schön und gut. Lassen Sie mich überlegen; was könnte ich verlangen? Oh, jetzt weiß ich's! Meine Belohnung soll das sein: Sie werden mir jede Auskunft über diese Morde in der Rue Morgue geben, die Ihnen möglich ist.«

Dupin sagte diese letzten Worte sehr leise und sehr ruhig. Ebenso ruhig ging er zur Tür, verschloß sie und steckte den Schlüssel in seine Tasche. Hierauf zog er eine Pistole aus dem Busen und legte sie ohne die ge-

ringste Hast auf den Tisch. Das Gesicht des Matrosen
rötete sich, als ob er mit einem Erstickungsanfall
kämpfte. Er sprang auf und griff nach seinem Knüttel,
aber einen Augenblick später fiel er in seinen Stuhl
zurück, heftig zitternd und bleich wie der Tod. Er sprach
kein Wort. Ich bemitleidete ihn von ganzem Herzen.

»Mein Freund«, fuhr Dupin in gütigem Ton fort,
»Sie regen sich ganz unnötig auf, ganz unnötig; ich
versichere Ihnen, wir wollen Sie in keiner Weise schä-
digen. Ich verpfände mein Wort als Franzose und Eh-
renmann, daß wir nichts Böses gegen Sie im Schilde
führen. Ich weiß sehr wohl, daß Sie an der Bluttat in
der Rue Morgue keine Schuld haben. Trotzdem läßt
sich nicht leugnen, daß Sie in einem gewissen Sinne
darein verwickelt sind. Aus dem, was ich soeben
gesagt habe, werden Sie erkennen, daß mir in dieser
Angelegenheit Auskunftsmittel zu Gebote stehen, Auskunftsmittel, von denen Sie sich nichts träumen lassen. Nun, die Sache steht so: Sie haben nichts getan,
dem Sie hätten aus dem Wege gehen können, sicherlich aber nichts, das Sie mit Schuld belastet. Sie haben sich nicht einmal eines Diebstahls schuldig gemacht, obwohl Sie straflos hätten stehlen können. Sie
haben nichts zu verheimlichen und haben auch keinen Grund zur Verheimlichung. Andererseits gebietet
Ihnen die Ehrenhaftigkeit, alles einzugestehen, was
Sie wissen. Ein Unschuldiger ist gegenwärtig im Gefängnis und wird des Verbrechens beschuldigt, dessen
Täter Sie angeben können.«

Während Dupin so sprach, hatte der Matrose seine
Geistesgegenwart zum großen Teil wiedergewonnen,
aber seine ursprüngliche Verwegenheit war gänzlich

verschwunden. »So wahr mir Gott helfe«, antwortete
er nach einer kleinen Pause, »ich will Ihnen alles
sagen, was ich über diese Sache weiß. Aber ich kann
nicht erwarten, daß Sie mir auch nur die Hälfte von
dem, was ich sage, glauben – ich müßte ein Narr sein,
wenn ich's täte. Aber ich bin unschuldig und will
mir alles vom Herzen reden, und sollte es mein Leben
kosten.«

Was er erzählte, war in der Hauptsache folgendes:
Vor kurzem hatte er eine Fahrt nach dem indonesi-
schen Archipel unternommen. Ein Trupp Matrosen,
dem er sich anschloß, ging in Borneo an Land und
drang auf einem Ausflug ins Landesinnere ein. Er
selbst fing mit einem Kameraden zusammen einen
Orang-Utan. Der Kamerad starb, und das Tier ging in
seinen alleinigen Besitz über. Nach vielen Unannehm-
lichkeiten, die ihm die unbezähmbare Wildheit des
Tieres während der Heimreise bereitete, gelang es ihm
endlich, es sicher in seiner Wohnung in Paris unter-
zubringen, wo er es, um es vor der unliebsamen Neugier seiner Nachbarn zu verbergen, so lange in sorgfältigem Gewahrsam halten wollte, bis es von einer
Fußwunde, die es sich an Bord durch einen Splitter
zugezogen hatte, geheilt wäre. Seine Absicht war, es
dann zu verkaufen.

Als er eines Nachts, oder vielmehr eines Morgens,
dem Morgen des Mordtages, von einer Matrosen-
zecherei nach Hause zurückkam, fand er die Bestie in
seinem eigenen Schlafzimmer, in das sie aus einem
anstoßenden Kabinett, wo er sie sicher eingeschlossen glaubte, eingedrungen war. Mit dem Rasiermesser
in der Hand und völlig eingeseift, saß der Affe vor

einem Spiegel und versuchte die Operation des Rasie-
rens nachzuahmen, bei der er seinen Herrn, offenbar durch das Schlüsselloch des Kabinetts, öfters
belauscht hatte. Entsetzt bei dem Anblick einer so
gefährlichen Waffe im Besitze eines so unbändigen
Tieres, das durchaus fähig war, sie zu gebrauchen, war
der Mann für einige Augenblicke ratlos, was er tun
sollte. Indessen pflegte er das Tier, selbst in seinen
wildesten Ausbrüchen, mit Hilfe der Peitsche zu beru-
higen, und so nahm er auch diesmal zu ihr seine Zuflucht. Als aber der Orang die Peitsche sah, sprang er
plötzlich durch die Zimmertür, die Treppe hinab und
von da durch ein unglücklicherweise geöffnetes Fenster auf die Straße.

Der Mann verfolgte ihn in höchster Verzweiflung. Der Affe, immer mit dem Rasiermesser in der
Hand, blieb von Zeit zu Zeit stehen, um sich nach seinem Verfolger umzuwenden und ihm Grimassen zu
schneiden, bis dieser ganz nahe herangekommen war.
Dann machte er sich wieder davon. In dieser Weise
dauerte die Jagd geraume Zeit fort. In den Straßen
herrschte tiefe Stille, es war gegen drei Uhr morgens.
Als der Flüchtling das hinter der Rue Morgue gelege-
ne Gäßchen erreicht hatte, wurde seine Aufmerksamkeit durch den Lichtschein, der aus dem geöffneten
Fenster Madame L'Espanayes im vierten Stock ihres
Hauses drang, gefesselt. Er stürzte auf das Haus zu,
sah den Blitzableiter, kletterte mit unfaßbarer Behendigkeit hinauf, ergriff den Laden, der ganz an die
Mauer zurückgeschlagen war, und schwang sich mit
dessen Hilfe geradewegs auf das Kopfende des Bettes.
Das ganze Kunststück nahm kaum eine Minute in

Anspruch. Der Laden wurde durch den Affen, als er in das Zimmer sprang, wieder zurückgestoßen.

Der Matrose war gleichzeitig erfreut und bestürzt. Einerseits hegte er große Hoffnung, die Bestie jetzt wiederzuerlangen, da sie kaum aus der Falle, in die sie geraten war, entwischen konnte, es sei denn über den Blitzableiter, wo man sie beim Abstieg einfangen konnte. Andererseits erfüllte ihn berechtigte Besorgnis, was das Tier wohl in dem Hause anrichten würde. Diese letztere Überlegung bewog den Mann, dem Flüchtling noch weiter zu folgen. Ein Blitzableiter ist nicht schwer zu erklettern, besonders nicht für einen Matrosen. Aber als er die Höhe des Fensters erklommen hatte, das in unerreichbarer Entfernung zu seiner Linken lag, war an ein Weiterkommen nicht zu denken. Alles, was er tun konnte, war, sich so weit wie möglich vorbeugend, einen Blick in das Innere des Zimmers zu werfen. Aber was er da erblickte, hätte ihn im Übermaß des Entsetzens beinahe von seinem Halt stürzen lassen.

Jetzt geschah es, daß jene gräßlichen Schreie die Nacht durchgellten, die die Einwohner der Rue Morgue aus dem Schlummer schreckten. Madame L'Espanaye und ihre Tochter, in ihre Nachtkleider gehüllt, waren allem Anschein nach mit dem Ordnen von Papieren in dem schon erwähnten eisernen Kasten beschäftigt gewesen, den sie in die Mitte des Zimmers gerollt hatten. Er stand offen, sein Inhalt lag daneben auf dem Fußboden. Die beiden Opfer mußten mit dem Rücken gegen das Fenster gesessen haben; und aus der Zeit, die zwischen dem Eindringen des Tieres und dem Schreien verstrich, läßt sich vermuten, daß sie es nicht sofort bemerkten. Das Zuklappen des Ladens hatten sie wohl dem Wind zugeschrieben.

Als der Matrose in das Zimmer blickte, hatte das riesige Tier Madame L'Espanaye bei den Haaren ge- faßt – sie hingen ihr, da sie sie eben gekämmt hatte, offen über die Schulter – und schwang das Rasier- messer über ihrem Gesicht, indem es die Bewegungen eines Barbiers nachahmte. Die Tochter lag reglos auf dem Fußboden, sie war ohnmächtig geworden. Das Schreien und Sich-Sträuben der alten Dame, während ihr die Haare vom Kopf gerissen wurden, hatte den Erfolg, die vermutlich ganz friedlichen Absichten des Orang-Utans in Wut zu verwandeln. Mit einem ent- schlossenen Streich seines muskulösen Armes trennte er ihren Kopf beinahe vom Rumpf ab. Der Anblick des Blutes entflammte seine Wut beinahe zur Raserei. Zähnefletschend und mit funkelnden Augen warf er sich auf den Körper des Mädchens, grub die furcht- baren Krallen in seinen Hals und ließ nicht ab, bis es tot war. In diesem Augenblick fielen seine unstet flackernden Blicke auf das Kopfende des Bettes, über dem das vor Grauen erstarrte Gesicht seines Herrn zu sehen war. Die Wut der Bestie, die sich zweifellos an die gefürchtete Peitsche erinnerte, verwandelte sich plötzlich in Angst. In dem Bewußtsein, Züchtigung verdient zu haben, schien sie die Spuren ihrer Bluttat verwischen zu wollen und sprang in höchster Aufre- gung im Zimmer umher, wobei sie die Möbel umwarf und zerbrach und die Betten aus der Bettstelle riß. Schließlich ergriff das Tier den Leichnam der Tochter und stieß ihn in den Rauchfang hinauf, so wie man ihn gefunden hat, hierauf packte es die alte Dame, die es hastig kopfüber zum Fenster hinauswarf.

Als der Affe sich mit seiner verstümmelten Last dem Fenster näherte, fuhr der Matrose schaudernd gegen den Blitzableiter zurück, kam mehr fallend als gleitend unten an und eilte aus Furcht vor den Folgen dieser Metzelei, und indem er in seinem Schrecken jede Sorge um das Schicksal des Affen außer acht ließ, geradewegs nach Hause. Die Worte, die die Leute auf der Treppe hörten, waren die Schreckens- und Entsetzensrufe des Franzosen gewesen, untermischt mit dem teuflischen Gekreisch der Bestie.

Ich habe kaum etwas hinzuzufügen. Der Orang muß unmittelbar, bevor die Türe aufgebrochen wurde, entwischt sein. Er muß das Fenster, als er hindurchschlüpfte, heruntergezogen haben. Später wurde er durch den Besitzer selbst wieder eingefangen, der ihn für eine beträchtliche Summe an den Jardin des Plantes verkauft hat. Lebon wurde unverzüglich auf freien Fuß gesetzt, nachdem wir im Büro des Polizeipräfekten den Hergang geschildert hatten, wozu Dupin einige Erläuterungen gab. Bei allem Wohlwollen, das der Beamte meinem Freund entgegenbrachte, konnte er dennoch seinen Ärger über die Wendung, die die Sache genommen hatte, nicht verhehlen, und er ließ sich zu ein paar Sarkasmen hinreißen über Leute, die sich um Angelegenheiten bekümmerten, die sie nichts angingen.

»Lassen Sie ihn reden«, meinte Dupin, der es nicht der Mühe wert gefunden hatte, etwas zu erwidern. »Lassen Sie ihn schwatzen, es erleichtert sein Gewissen. Ich bin zufrieden damit, ihm in seiner eigenen

Honoré Daumier, *Drama,* um 1856/60. Foto: AKG, Berlin

Burg eine Niederlage bereitet zu haben. Nichtsdestoweniger ist die Tatsache, daß er bei der Lösung des
Rätsels versagt hat, keineswegs so verwunderlich, wie
er selbst glaubt; denn wahrlich, unser Freund, der
Präfekt, ist ein wenig allzuschlau, um tief zu sein. Seiner Weisheit fehlt es an Saft. Sie hat lauter Kopf und
keinen Körper, wie die Bilder der Göttin Laverna, oder
bestenfalls Kopf und Rücken wie ein Stockfisch. Aber
er ist trotzdem ein guter Kerl. Ich bewundere vor allem seine Meisterschaft, mit der er den Berufsjargon
beherrscht und die ihm den Ruf eines großen Geistes
eingetragen hat. Ich meine seine Art de nier ce qui est,
et d'expliquer ce qui n'est pas.«

DIE MASKE DES ROTEN TODES

Lange Zeit hatte der Rote Tod das Land entvölkert. Nie zuvor hatte eine Seuche so furchtbar und unbarmherzig gewütet. Blut war ihr Antlitz und ihr Siegel die schauerliche Röte des Blutes. Es begann mit qualvollen Schmerzen und plötzlichen Schwindelanfällen, dann traten starke Blutungen aus allen Poren ein, und das Ende war der Tod. Scharlachrote Flecken auf dem ganzen Körper, besonders aber im Gesicht, waren die Symptome, die jeden Erkrankten kennzeichneten, und diese Brandmale schlossen ihn augenblicklich von der Hilfsbereitschaft und dem Mitleid der menschlichen Gesellschaft aus. Die ganze Krankheit, vom ersten Anfall bis zum tödlichen Ausgang, währte nicht länger als eine halbe Stunde.

Prinz Prospero aber war glücklich, furchtlos und voll Kühnheit. Als seine Provinzen halb entvölkert waren, entbot er eine Kumpanei von etwa tausend lebenslustigen Leuten aus dem Kreise seiner Höflinge und der Damen des Hofes zu sich und zog sich mit ihnen in die tiefe Abgeschlossenheit eines seiner befestigten Schlösser zurück. Es war das ein weitläufiges und prächtiges Gebäude, eine Schöpfung nach des Prinzen eigenem, ein wenig exzentrischem, aber großartigem Geschmack. Eine starke und hohe Mauer mit schweren, ehernen Toren umgab das Schloß. Als die Gäste des Prinzen eingezogen waren, brachte man Feueressen und Hämmer herbei und schmiedete die Riegel der Tore zu, denn es sollte ebensosehr das Eindringen der Seuche und der Verzweiflung verhindert

werden, wie man verhüten wollte, daß die Kunde von
der tollen Lustbarkeit im Inneren des Schlosses nach
draußen gelangte. Mit Lebensmitteln hatte man sich
reichlich eingedeckt. Durch diese Vorsichtsmaßnahme
glaubte sich der Hof vor aller Ansteckungsgefahr vollkommen sicher. Mochte die Welt da draußen für sich
selber sorgen. Ein Narr, der sich mit Sorgen und trü-
ben Gedanken quälte! Der Prinz bemühte sich, seine
Gäste durch Unterhaltungen aller Art zu zerstreuen.
Da waren Spaßmacher und Stegreifkomödianten, Tänzer und Musiker, die schönsten Frauen und die besten
Weine. Innerhalb dieser Mauern regierten der Froh-
sinn und die Sicherheit und Sorglosigkeit. Draußen
aber triumphierte der Rote Tod.

Gegen Ende des fünften oder sechsten Monats,
nachdem die lustige Gesellschaft das Schloß bezogen
hatte – die Seuche wütete gerade am fürchterlichsten –, lud Prinz Prospero seine Gäste zu einem Mas-
kenfest von ganz ungewöhnlicher Pracht.

Dieses Fest war ein Schauspiel von berauschender
Sinnlichkeit. Zuerst aber will ich die Räumlichkeiten
beschreiben, in denen es stattfand. Es waren sieben
Säle von wahrhaft fürstlicher Pracht. In den meisten Palästen mögen solche Räume eine einzige lange
Durchsicht gewähren, da man gewöhnlich die Ver-
bindungstüren fast bis an die Wand zurückschieben
kann, so daß das Auge die ganze Zimmerflucht mit
einem einzigen Blick übersieht. Hier aber war die Anordnung völlig anders getroffen; vermutlich sprach
auch daraus die Vorliebe des Prinzen für das Ungewöhnliche. Die Säle waren so unregelmäßig gebaut,
daß man von kaum einem Punkt aus mehr als einen

einzigen Raum überblicken konnte. Nach zwanzig oder dreißig Schritten gelangte man zu einer scharfen Biegung, an der sich jedesmal dem Auge ein völlig neuer Anblick darbot. In jedem Zimmer befand sich zur Rechten und Linken in der Mitte jeder Wand ein hohes, schmales, gotisches Fenster, das sich auf einen geschlossenen Säulengang öffnete, der den Windungen der Zimmerflucht folgte. Die Scheiben dieser Fenster waren aus buntem Glas, dessen Farbe mit der Grundfarbe des betreffenden Zimmers harmonierte. Das Zimmer am östlichen Ende des Schlosses war in Blau gehalten, und so waren auch dessen Fensterscheiben tiefblau gefärbt. Der zweite Saal war mit purpurroten Wandbespannungen und Zieraten ausgeschmückt, infolgedessen waren auch die Scheiben purpurrot. Der dritte Saal war, wie die Fenstergläser, ganz in Grün gehalten, der vierte war orangegelb, der fünfte weiß und der sechste violett. Der siebente Saal war mit schwarzem Samt ausgeschlagen, der die Decke umdüsterte und in schweren Falten auf den gleichfalls schwarzen Samtteppich, der den Boden bedeckte, niederfiel. Einzig und allein in diesem Zimmer entsprach die Farbe der Fensterscheiben nicht der der übrigen Ausstattung: sie waren rot, rot wie Blut. In keinem der sieben Säle war unter der Fülle von goldenen Prunkstücken, die überall herumstanden und von der Decke herunterhingen, eine Lampe oder ein Kandelaber zu entdecken. Keine einzige Lichtquelle war in den sieben Räumen angebracht, kein Lüster, keine Kerze, keine Ampel. Im Säulengang aber, der die ganze Zimmerflucht begleitete, stand vor jedem Fenster ein massiver Dreifuß, in dem ein Kohlenfeuer loderte, das seine Strahlen durch das bunte Glas in das Zimmer warf, ein blendendes Licht ausstrahlte und eine stets wechselnde, phantastische Beleuchtung hervorbrachte. Im schwarzen Saal, der am westlichen Ende des Gebäudes lag, war die Wirkung, die das feurige Licht der blutroten Scheiben auf der schwarzen Wandbespannung erzeugte, so gespenstisch, sie gab den Gesichtern der Eintretenden ein so gräßliches Aussehen, daß nur wenige kühn genug waren, ihren Fuß über die Schwelle dieses Raumes zu setzen.

An der Westwand dieses Zimmers stand eine riesige Uhr aus Ebenholz, deren Perpendikel mit dumpfem, schwerem, monotonem Schlag hin und her schwang. Und jedesmal, wenn der Minutenzeiger den Kreis auf dem Zifferblatt vollendet hatte und eine Stunde verronnen war, drang aus der metallenen Brust der Uhr ein lauter, voller, wunderbar melodiöser Ton von so besonderem Klang, von solchem Nachdruck und solcher Eigenart, daß die Musiker, sooft das Uhrwerk eine volle Stunde anzeigte, wie einem inneren Zwang folgend, stets eine Pause machten, um diesem wundersamen Ton zu lauschen. Und so verstummten denn die Walzer für eine Weile, und ein vorübergehendes Unbehagen erfaßte plötzlich die ganze fröhliche Gesellschaft. Die Übermütigsten erbleichten beim Klang der Glockenschläge, während die Älteren und Gesetzteren sich mit der Hand über die Stirn strichen, als wären sie von wirren Träumen und tiefem Nachdenken benommen. Kaum aber war der letzte Glockenschlag verhallt, so ging ein fröhliches, sorgloses Lachen durch die Gesellschaft, die Musiker sahen einander an, und es schien fast, als belächelten sie ihre eigene Torheit und Nervosität; flüsternd gelobten sie sich, beim nächsten Stundenschlag nicht wieder diese Unruhe in sich aufkommen zu lassen. Doch wenn die sechzig Minuten verstrichen waren, jene dreitausendsechshundert flüchtigen Sekunden, und die Uhr von neuem schlug, da erfüllte dasselbe Zittern und Zagen, dasselbe Unbehagen den ganzen Saal.

Abgesehen davon aber war es ein überaus fröhliches und prächtiges Fest. Der Prinz besaß einen ausgefallenen Geschmack. Er liebte Farbenpracht und Farbwirkungen und war ein Feind davon, mit Hilfe billiger Requisiten Effekte zu erzielen. Er trug sich stets mit kühnen, kraftvollen Plänen, und seine Gedanken sprühten von einem eigenartig exotischen Geist. Es gab Leute, die ihn für verrückt hielten, seine Anhänger aber wußten, daß das durchaus nicht der Fall war. Tatsächlich aber war es nötig, ihn zu sehen, ihn reden zu hören und sich in seiner Gesellschaft zu bewegen, um sich dessen völlig klarzuwerden.

Anläßlich dieses fabelhaften Festes hatte er zum großen Teil selbst angeordnet, wie die sieben Zimmer zu dekorieren seien, und auch die Maskenkostüme verdankten ihren Charakter seinem eigenwilligen, persönlichen Geschmack. Sie waren freilich auch im höchsten Grade wunderlich. Sie bildeten ein Chaos von Farbenpracht und Glitzern, von reichster Phantasie und scharfem Witz, wie man es ganz ähnlich seither oft in dem Drama *Hernani* gesehen hat. Da gab es wunderliche Gestalten mit seltsam verrenkten Gliedern in grotesken Kleidern, und man hätte meinen können, das Ganze sei die Ausgeburt eines wahnwitzigen Gehirns. Da war vieles, das wunderbar, üp-

pig, bizarr wirkte, manches aber auch, das Entsetzen
weckte, und einige wenige Dinge mochten wohl auch
Ekel hervorrufen. Es war, als ob in den sieben Zimmern eine Versammlung wüster Traumfiguren hin
und her wogte. Und diese Traumfiguren kamen und
gingen und ergriffen Besitz von den Räumen, und die
wilde Musik des Orchesters schien der Widerhall ihrer
Schritte zu sein. Und mitten hinein in das Treiben erklingt der Schlag der Ebenholzuhr, und plötzlich ist
alles still geworden, alles schweigt, und nichts ist
mehr zu vernehmen als der Klang der Uhr. Wie in Erstarrung machen die Traumgestalten halt. Aber sobald der Hall der Glockenschläge verstummt ist, die
nur einen Augenblick den Raum beherrscht haben,
erklingt ein leises, halb unterdrücktes Gelächter, das
ihr Verklingen zu begleiten scheint. Und nun setzt die
Musik wieder ein, und die Traumgestalten bewegen
sich von neuem und wogen durcheinander, streifen
noch fröhlicher als bisher an den buntfarbigen Fenstern entlang, durch die das Licht von den Dreifüßen
hereinfällt. Nur den letzten Saal, der am westlichen
Ende der Zimmerflucht liegt, wagt keine der Masken
mehr zu betreten. Die Stunden verrinnen, und ein röt-
liches Licht ergießt sich durch die Scheiben, die wie
von Blut übergossen erglänzen; das tiefe Schwarz der
nachtdunklen Draperien geht in ein fahles Grau über,
und wer den Mut findet, den schwarzen Teppich zu
betreten, dem scheint die Ebenholzuhr mit feierlicher
Strenge etwas zuzuraunen, das die Ohren derer nicht
hören, die sich in den anderen Zimmern ungebun-
dener Lust hingeben. In diesen anderen Räumen
herrschte dichtes Gewühl, und es war, als schlüge

darin das Herz des Lebens wie im Fieber. Der Trubel schwoll mehr und mehr an, bis zuletzt die Uhr anhob, Mitternacht anzusagen. Da aber setzte abermals, wie wir es schon geschildert haben, die Musik aus, die Bewegung der Tänzer erstarrte, und alle Dinge schienen wie in Ketten geschlagen. Alles war wie früher, wenn die Uhr die volle Stunde anzeigte, nur daß diesmal zwölf Schläge erklangen, und vielleicht war diese größere Zeitspanne schuld daran, daß sich in die Mienen mancher Gäste ein seltsam gedankenvoller Ausdruck stahl. Und vielleicht blieb ihnen deshalb, ehe der Klang des letzten Glockenschlages verhallt war, auch mehr Zeit, mitten im Gewühl eine Maske zu bemerken, die keinem von ihnen bisher aufgefallen war. Und als einer den andern wispernd auf die Anwesenheit des Rätselhaften aufmerksam gemacht hatte, schwoll ein Flüstern, ein Murmeln an, das Tadel und Befremden ausdrücken sollte und sich bald in Furcht, Grauen und Ekel wandelte.

In einer Gesellschaft phantastischer Gestalten, wie ich sie geschildert habe, konnte natürlich nur eine Erscheinung von ganz ungewöhnlichem Aussehen diese ungeheure Wirkung hervorbringen. Tatsächlich war ja jedem weitestgehende Freiheit gegeben worden, sich zu maskieren; aber die Gestalt, von der ich spreche, hätte sogar einen Herodes übertroffen und ging weit über das hinaus, was in den Absichten des Prinzen lag. Auch in den Herzen der übermütigsten Menschen gibt es Saiten, an die man nicht rühren soll; selbst für einen völlig Verlorenen, dem Tod und Leben nicht mehr bedeuten als ein Spaß, gibt es manches, das er nicht verspottet sehen möchte. Tatsächlich schien die ganze Gesellschaft nur eins zu empfinden: daß in der Kleidung und dem Gehaben des Fremden weder Witz noch origineller Geist lagen. Er war hochgewachsen und hager und von Kopf bis Fuß in ein Leichengewand gehüllt. Sein Gesicht war durch eine Maske verdeckt, die den Zügen eines Gesichtes in der Totenstarre so genau nachgebildet war, daß auch der schärfste Blick die Täuschung wohl schwerlich durchschaut hätte. Das alles aber wäre vielleicht von den tollen Festgästen hingenommen, wenn auch nicht gebilligt worden, hätte der Vermummte es nicht so weit getrieben, den Roten Tod darstellen zu wollen. Die Leichentücher, in die er gehüllt war, starrten von Blut, und seine mächtige Stirn und sein ganzes Gesicht waren von den entsetzlichen scharlachroten Spuren entstellt.

Als Prinz Prospero diese spukhafte Erscheinung erblickte, die, wie um ihre Rolle noch besser zu spielen, mit langsamen, gravitätischen Bewegungen zwischen den Tanzenden einherstelzte, schauderte er im ersten Moment, sei es aus Entsetzen, sei es aus Ekel. Im nächsten Augenblick aber übergoß sich seine Stirne mit Zornesröte, und er fragte mit rauher Stimme die Höflinge, die ihn umstanden: »Wer wagt es, uns durch diesen lästerlichen Scherz zu beleidigen? Ergreift ihn! Demaskiert ihn, damit wir wissen, wen wir bei Sonnenaufgang auf den Zinnen des Schlosses aufzuknüpfen haben!«

Prinz Prospero stand im östlichen oder blauen Zimmer, als er diese Worte sprach. Man hörte sie in aller Klarheit durch alle sieben Räume dringen, denn der Prinz war ein Mann von imposanter Größe, und auf ein Zeichen seiner Hand war die Musik verstummt.

Im blauen Zimmer war es, wo der Prinz inmitten einer Gruppe bleicher Höflinge stand. Als er das Wort ergriffen hatte, schien es zuerst, als wollte sein Gefolge sich dem Eindringling nähern, der unweit des Prinzen stand und nun mit bedächtigem und stolzem Schritt auf den Sprecher zukam. Das namenlose Entsetzen aber, das die ganze Gesellschaft angesichts der wahnsinnigen Anmaßung des Vermummten gepackt hatte, lähmte die Gäste derart, daß niemand fähig war, Hand an ihn zu legen. So gelang es ihm, ungehindert bis auf eine Entfernung von zwei Ellen an den Prinzen heranzukommen, und während die Gäste, die ein und dasselbe Gefühl beherrschte, sich ausnahmslos an die Wände der Säle drängten, schritt er unaufhaltsam, doch stets in derselben gravitätischen, feierlichen Art, die man vom ersten Augenblick an ihm beobachtet hatte, durch das blaue Zimmer, und von da ins purpurfarbene, in das grüne, in das orangegelbe, in das weiße und zuletzt in das violette, bevor jemand eine Bewegung hätte machen können, ihn zurückzuhalten. Da aber eilte Prinz Prospero in höchster Wut und voll Scham über seine momentane Feigheit durch die sechs Zimmer, ohne daß irgendwer seiner Gäste, die ein tödlicher Schreck ergriffen hatte, gewagt hätte, ihm zu folgen. Er hielt einen gezückten Dolch hoch empor und hatte sich in rasendem Ungestüm dem Dahinschreitenden schon auf wenige Schritte genähert, als dieser, der eben das Ende des samtbespannten Gemaches erreicht hatte, sich plötzlich seinem Verfolger zuwandte und Aug in Auge mit ihm stehenblieb. Man hörte einen gellenden Schrei. Blitzend fiel der Dolch auf den schwarzen Teppich, auf den unmittelbar darauf der Prinz Prospero tot niedersank. Da erst warf sich eine Schar der Gäste mit dem Mut der Verzweiflung in das schwarze Gemach. Sie ergriffen den Vermummten, dessen hohe Gestalt aufrecht und reglos im Schatten der Ebenholzuhr stand, schrien aber in maßlosem Grauen auf, als sie gewahr wurden, daß die Leichengewänder und die Totenmaske, die sie mit roher Gewalt anfaßten, eine körperlose Gestalt umhüllten.

Da wußten sie mit einemmal, daß der ungebetene Gast niemand anders war als der Rote Tod. Er war gekommen wie ein Dieb in der Nacht. Und einer nach dem andern sanken die Gäste in ihren blutüberströmten Festgewändern zu Boden und verschieden in der verzweiflungsvollen Stellung, in der sie niedergesunken waren. Das Ticken der Ebenholzuhr aber verstummte, als der letzte Seufzer der Sterbenden verklungen war. Die Flammen der Dreifüße erloschen, und Dunkelheit und Verwesung breiteten sich über dem ganzen Schloß aus, in dem der Rote Tod nun unumstritten sein Zepter schwang.

Edouard Manet, *Der Selbstmörder,* 1881.
Foto: AKG, Berlin/Erich Lessing

DIE AUGENGLÄSER

Vor Jahren war es Mode, die Idee einer »Liebe auf den
ersten Blick« lächerlich zu machen; aber jeder denkende Mensch und die tiefempfindenden nicht minder
sind stets für sie eingetreten. Neuerliche Entdeckun-
gen auf einem Gebiet, das man ethischen Magne-
tismus oder Magneto-Ethik nennen könnte, sprechen
auch tatsächlich für die Wahrscheinlichkeit, daß diejenigen menschlichen Neigungen die natürlichsten
und folglich auch die wahrhaftigsten und stärksten
sind, die im Herzen aus sozusagen elektrischer Sympathie entstehen, mit einem Wort: daß jene seelischen
Fesseln die beglückendsten und dauerhaftesten sind,
die ein einziger Blick geschmiedet hat. Die Beichte, die
ich nun ablegen will, wird den nahezu unzähligen
Beweisen für die Wahrheit dieser Behauptung einen
weiteren hinzufügen.

Meine Geschichte verlangt, daß ich etwas ausführ-
lich werde. Ich bin noch ein sehr junger Mann, noch
nicht zweiundzwanzig Jahre alt. Mein jetziger Name
ist sehr gewöhnlich und einigermaßen plebejisch –
Simpson. Ich sage: »mein jetziger«; denn ich heiße erst
seit kurzem so, da ich diesen Zunamen im Laufe des
vorigen Jahres gesetzlich angenommen habe, um
eine große Erbschaft anzutreten, die mir ein entfernter
männlicher Verwandter hinterließ, Adolphus Simpson, Esq. Die Erbschaft war von der Annahme des
Namens des Erblassers abhängig gemacht worden,
des Familien-, nicht des Taufnamens; mein Taufname
lautet Napoleon Bonaparte, oder besser gesagt, so lau-

tet mein erster und mein mittlerer Name. Ich nahm
den Namen Simpson mit einigem Widerstreben an,
da ich in meinen wahren Familiennamen, Froissart,
einen sehr entschuldbaren Stolz setzte, im Glauben,
meine Herkunft von dem unsterblichen Verfasser der
Chronik herleiten zu können. Bei dem Thema Namen
mag es erlaubt sein, im Vorbeigehen eine merkwürdi-
ge Übereinstimmung im Klang der Namen einiger
meiner unmittelbaren Vorfahren zu erwähnen. Mein
Vater war ein Monsieur Froissart aus Paris. Seine
Frau, meine Mutter, die fünfzehn war, als er sie heiratete, war eine Mademoiselle Croissart, die älteste
Tochter von Croissart, dem Bankier; dessen Frau
wiederum, die erst sechzehn Jahre zählte, als man sie
verheiratete, war die älteste Tochter eines gewissen
Victor Voissart. Monsieur Voissart hatte – ganz merk-
würdigerweise – eine Dame von ähnlichem Namen
geheiratet, eine Mademoiselle Moissart. Sie war ebenfalls noch ein Kind, als sie heiratete, und auch ihre
Mutter, Madame Moissart, war erst vierzehn, als man
sie zum Altar führte. So frühe Heiraten sind in Frankreich üblich. In meinem Stammbaum finden sich also
die Namen Moissart, Voissart, Croissart und Froissart.
Mein eigener Name aber war durch Gesetzeskraft in
Simpson umgeändert worden, meinerseits freilich mit
so viel Widerwillen, daß ich eine Zeitlang tatsächlich
zögerte, das Legat mit der unnötigen und ärgerlichen
Klausel, die ihm anhing, anzunehmen.

Was körperliche Gaben anbelangt, so ermangle ich
ihrer keineswegs. Im Gegenteil, ich glaube, daß ich
wohlgestalt bin und ein Gesicht mein eigen nenne,
das neun Zehntel aller Menschen schön nennen wür-

den. Ich bin fünf Fuß elf Zoll groß. Ich habe schwarzes, lockiges Haar. Meine Nase ist passabel. Die Augen sind groß und grau; und obgleich sie tatsächlich in höchst lästigem Grade schwach sind, so würde man nach ihrem Aussehen keinen derartigen Fehler argwöhnen. Die Sehschwäche selbst allerdings hat mich stets äußerst verdrossen, und ich habe zu jedem Mittel meine Zuflucht genommen, ausgenommen das Tragen einer Brille. Da ich jung und hübsch bin, mißfällt mir eine Brille natürlich, und so habe ich mich stets entschieden geweigert, eine in Gebrauch zu nehmen. Ich kenne in der Tat nichts, was das Antlitz eines jungen Menschen so entstellte oder jedem Zug ein Wesen von Feierlichkeit, wenn nicht gar von Scheinheiligkeit aufdrückte. Ein Monokel dagegen hat einen ausgesprochenen Beigeschmack von Geckenhaftigkeit und Ziererei. Ich habe mir bisher so gut wie möglich ohne die beiden Artikel durchgeholfen. Doch genug von diesen rein persönlichen Einzelheiten, die schließlich von geringer Bedeutung sind. Ich will nur noch hinzufügen, daß ich von sanguinischem, tollkühnem, feurigem und schwärmerischem Temperament bin und daß ich mein Leben lang ein hingebender Bewunderer der Frauen war.

Im vorigen Winter betrat ich eines Abends in Gesellschaft eines Freundes, des Mr. Talbot, eine Loge im P.-Theater. Es stand eine Oper auf dem Programm, und der Theaterzettel versprach eine große Attraktion, so daß das Haus völlig überfüllt war. Doch kamen wir rechtzeitig genug, um die Plätze in der ersten Reihe zu erhalten, die man uns reserviert hatte und zu denen wir uns mit einiger Schwierigkeit durchdrängten.

Zwei Stunden lang widmete mein Begleiter, ein wahrer »fanatico« der Musik, seine ungeteilte Aufmerksamkeit der Bühne; währenddessen vergnügte ich mich damit, die Zuschauermenge in Augenschein zu nehmen, die zum überwiegenden Teil aus der Creme der Stadt bestand. Als ich mir in dieser Beziehung Genüge getan hatte und ich eben meine Blicke der Primadonna zuwenden wollte, wurden sie von einer Gestalt in einer der Privatlogen, die meiner Beachtung entgangen war, gefesselt und blieben an ihr haften.

Wenn ich auch tausend Jahre lebe, niemals werde ich die tiefe Erregung vergessen, mit der ich diese Gestalt betrachtete. Es war eine weibliche Gestalt, die wunderbarste, die ich jemals erblickt hatte. Das Gesicht war so ausschließlich der Bühne zugewandt, daß ich in den ersten Minuten nichts von ihm sehen konnte, aber ihre Gestalt war göttlich; kein anderes Wort kann ihr herrliches Ebenmaß zur Genüge ausdrücken – und selbst das Wort göttlich erscheint lächerlich schwach, da ich es niederschreibe.

Der Zauber einer lieblichen Frauengestalt, die Magie weiblicher Anmut war stets eine Macht, der ich nicht zu widerstehen vermochte. Doch hier war die Anmut verkörpert, le beau idéal meiner kühnsten und verzücktesten Traumbilder zu Fleisch geworden. Die Gestalt, die die Bauart der Loge mir beinahe ganz zu sehen gestattete, war etwas über mittelgroß und näherte sich fast dem Majestätischen, ohne es völlig zu erreichen. Die tadellosen vollen Körperformen waren herrlich. Der Kopf, den man nur von hinten sah, wetteiferte im Umriß mit dem der griechischen Psyche, und eine elegante Haube aus Gaze aérienne, die mir den ventus textilis des Apuleius ins Gedächtnis rief, brachte ihn eher zur Geltung, als daß sie ihn verhüllte. Der rechte Arm hing über die Brüstung der Loge herab, und seine köstliche Bildung machte jeden Nerv in mir erbeben. Der Oberarm war mit einem jener losen offenen Ärmel bekleidet, wie sie jetzt Mode sind; er reichte nur wenig über den Ellbogen. Darunter trug sie einen enganliegenden Unterärmel aus duftigem Stoff, der in eine Manschette von kostbarer Spitze auslief. Die Spitze fiel anmutig über den Handrücken und ließ nur die zarten Finger frei, auf deren einem ein Diamantring glänzte, dessen unschätzbaren Wert ich sofort erkannte. Die bewunderungswürdige Rundung des Handgelenkes wurde durch ein Armband, das es umschloß, gut zur Geltung gebracht, und auch diesem diente als Verzierung und Verschluß eine prächtige Aigrette von Edelsteinen und erzählte in nicht mißzuverstehender Sprache von dem Reichtum und dem anspruchsvollen Geschmack seiner Trägerin.

Ich starrte diese königliche Erscheinung wenigstens eine halbe Stunde lang an, als ob ich mit einemmal zu Stein verwandelt worden wäre; und während dieser Zeit empfand ich die ganze Kraft und Wahrheit all dessen, was über die Liebe auf den ersten Blick jemals gesagt und gesungen worden ist. Meine Empfindungen waren von Grund aus verschieden von all jenen, die ich bisher selbst in Gegenwart der am meisten gefeierten Exemplare weiblicher Holdseligkeit gefühlt hatte. Eine unaussprechliche, eine, wie ich gezwungen bin zu sagen: magnetische Sympathie von Seele zu Seele schien nicht nur mein Auge, sondern all meine Denkfähigkeit und all mein Empfindungsvermögen an das bewunderungswürdige Wesen vor mir zu fesseln. Ich sah – ich fühlte – ich wußte, daß ich abgründig, wahnsinnig, unwiderruflich verliebt war, und das sogar, ehe ich noch das Gesicht des geliebten Wesens gesehen hatte.

Die Leidenschaft, die mich verzehrte, war so heftig, daß ich wirklich glaube, sie hätte nur wenig oder gar keine Verminderung erfahren, wären die Gesichtszüge, die ich bisher noch nicht gesehen hatte, von bloß gewöhnlicher Art gewesen; so unberechenbar ist das Wesen wahrer Liebe – der Liebe auf den ersten Blick –, und so wenig hängt sie tatsächlich von äußeren Voraussetzungen ab, die sie scheinbar allein hervorrufen und beherrschen.

Indes ich so in Bewunderung dieses holden Bildes versunken war, veranlaßte eine plötzliche Unruhe im Zuschauerraum die Dame, den Kopf ein wenig nach mir hinzuwenden, so daß ich das volle Profil des Gesichtes erblickte. Seine Schönheit übertraf noch meine Erwartungen, und doch war da etwas, das mich enttäuschte, ohne daß ich genau hätte sagen können, was es war. Ich sagte: »enttäuschte«; aber das ist nicht ganz das richtige Wort. Meine Gefühle wurden zugleich beruhigt und erhoben. In ihnen war weniger Leidenschaft als stilles Entzücken, entzückte Ruhe. Dieser Gefühlszustand rührte vielleicht von dem madonnengleichen und frauenhaften Ausdruck des Gesichtes her; und doch wurde mir sofort klar, daß nicht das allein die Ursache sein konnte. Da war etwas anderes, irgendein Geheimnis, das ich nicht zu enträtseln vermochte, ein Gesichtsausdruck, der mich ein wenig befremdete und gleichzeitig mein Interesse aufs höchste steigerte. Alles in allem war ich gerade in der Verfassung, die einen jungen empfänglichen Mann zu jeder extravaganten Tat bereit findet. Wäre die Dame allein gewesen, so wäre ich zweifellos in ihre Loge getreten und hätte sie angesprochen, geschehe, was wolle; doch zum Glück hatte sie zwei Begleiter, einen Herrn und eine auffallend schöne Frau, die allem Anschein nach um einige Jahre jünger war als sie.

Ich wälzte tausend Pläne in meinem Kopf, wie ich es wohl erreichen könnte, irgendwann der älteren von den Damen vorgestellt zu werden oder mir wenigstens gleich einen genauen Anblick ihrer Schönheit zu verschaffen. Ich hätte meinen Platz mit einem vertauscht, der dem ihren näher lag, aber die gedrängte Fülle des Theaters machte das unmöglich; und die strengen Gebote des Anstands haben seit kurzem in einem solchen Falle den Gebrauch des Opernglases kategorisch untersagt – also auch, falls ich so glücklich gewesen wäre, eines bei mir zu haben; aber ich hatte keines und war in Verzweiflung. Endlich fiel mir ein, mich an meinen Begleiter zu wenden.

»Talbot«, sagte ich, »Sie haben ein Opernglas, geben Sie es mir.«

»Ein Opernglas? Was, meinen Sie, sollte ich wohl mit einem Opernglas anfangen?« Damit wandte er sich ungeduldig wieder der Bühne zu.

»Aber, Talbot«, fuhr ich fort und rüttelte ihn an der Schulter, »hören Sie doch! Sehen Sie die Proszeniumsloge? Dort! – nein – die nebenan. Haben Sie jemals eine so herrliche Frau gesehen?«

»Sie ist zweifellos sehr schön«, erwiderte er.

»Ich möchte wirklich wissen, wer das sein mag!«

»Was, im Namen aller Engel, wissen Sie denn nicht, wer das ist? Sie nicht kennen beweist, daß Sie selbst unbekannt sind! Es ist die berühmte Madame Lalande, die Schönheit des Tages par excellence und das Gespräch der ganzen Stadt. Auch ungeheuer reich – Witwe – und eine großartige Partie – eben von Paris angekommen.«

»Kennen Sie sie?«

»Ja, ich habe die Ehre.«

»Wollen Sie mich ihr vorstellen?«

»Gewiß, mit dem größten Vergnügen; wann soll es sein?«

»Morgen um ein Uhr werde ich Sie im B.-Hotel besuchen.«

»Sehr schön; und jetzt halten Sie bitte den Mund, wenn Sie irgend können.«

Was seine letzte Bemerkung betraf, so war ich gezwungen, Talbots Rat zu befolgen; denn er blieb allen weiteren Fragen und Vermutungen gegenüber hartnäckig taub und befaßte sich für den Rest des Abends ganz ausschließlich mit den Vorgängen auf der Bühne.

Indessen schaute ich unausgesetzt auf Madame Lalande und hatte endlich das Glück, ihr Gesicht ganz von vorn zu sehen. Es war von auserlesener Lieblichkeit. Mein Herz hatte mir das natürlich schon gesagt, hätte mir auch Talbot nicht schon vorher völlige Gewißheit darüber gegeben; doch noch immer störte mich das unverständliche Etwas. Ich entschied mich endlich dahin, daß ein gewisser Ausdruck von Ernsthaftigkeit, von Traurigkeit oder, noch besser gesagt, von Überdruß den Zügen etwas von ihrer Jugend und

Frische nahm, um sie dafür mit seraphischer Weich-
heit und Würde zu bekleiden; und so schenkte ihnen
mein enthusiastisches und romantisches Gemüt natürlich zehnfaches Interesse. Während ich so meine
Augen weidete, erkannte ich schließlich zu meiner
größten Bestürzung an einem kaum merklichen Zu-
sammenzucken der Dame, daß sie sich mit einemmal
der Intensität meines Blickes bewußt wurde. Doch
ich war noch ganz verzaubert und konnte mich nicht
losreißen, auch nicht für einen Augenblick. Sie wandte das Gesicht zur Seite, und wieder sah ich nur die
schöngemeißelte Form ihres Hinterkopfes. Nach einigen Minuten drehte sie, wie von Neugierde getrieben,
ob ich noch zu ihr hinsähe, den Kopf wieder langsam
herum und begegnete nochmals meinem brennenden
Blick. Ihre dunklen, großen Augen senkten sich sogleich, und ein tiefes Rot überzog ihre Wangen. Doch
wie groß war mein Erstaunen, als ich bemerkte, daß
sie ein zweitesmal den Kopf nicht nur nicht abwand-
te, sondern wahrhaftig aus ihrem Gürtel eine Lorgnette hervorzog, sie erhob, ansetzte und mich durch sie
ein paar Minuten lang aufmerksam und ohne Scheu
betrachtete.

Hätte mir zu Füßen ein Blitz eingeschlagen, er
hätte mich nicht tiefer erschrecken können – nur erschrecken, nicht beleidigen oder abstoßen, das nicht
im geringsten; obgleich eine so kühne Handlung bei
jeder anderen Frau dazu angetan gewesen wäre, zu
beleidigen und abzustoßen. Aber das Ganze geschah
mit so viel Gleichmut, mit so viel Nonchalance, mit so
viel Gemütsruhe, mit allen Anzeichen der offensicht-
lich besten Lebensart, daß es nicht nach einer bloßen

Ungehörigkeit aussah; und meine Empfindungen waren Bewunderung und Staunen. Ich stellte fest, daß sie sich beim ersten Heben der Lorgnette mit einer nur augenblickslangen Prüfung meiner Person zu begnügen schien und im Begriffe war, das Glas abzusetzen, daß sie es aber hierauf, als wäre ihr ein zweiter Gedanke gekommen, wieder aufnahm und fortfuhr, mich mit angestrengter Aufmerksamkeit einige Minuten lang zu mustern. Es waren sicherlich wenigstens fünf Minuten.

Diese in einem amerikanischen Theater so ungewöhnliche Handlungsweise erregte die allgemeine Aufmerksamkeit und rief im Publikum eine unbestimmte Bewegung hervor, ein Tuscheln, das mich einen Augenblick lang verwirrte, aber auf das Benehmen von Madame Lalande ohne sichtbare Wirkung blieb.

Nachdem sie so ihrer Neugierde Genüge getan hatte – falls es Neugierde war –, ließ sie das Glas fallen und widmete ihre Aufmerksamkeit wieder ganz gelassen der Bühne; dabei war mir wieder ihr Profil zugewendet wie zuvor. Ich fuhr indessen fort, sie unablässig anzustarren, obgleich ich mir der Ungehörigkeit eines solchen Betragens voll bewußt war. Jetzt sah ich, wie ihr Kopf langsam und allmählich eine Wendung machte; und bald stand es für mich fest, daß die Dame, indes sie vorgab, nach der Bühne zu sehen, tatsächlich angelegentlich zu mir hinblickte. Ich brauche die Wirkung, die dieses Betragen einer so bezaubernden Frau auf mein erregbares Gemüt ausübte, nicht zu beschreiben.

Als mich der holde Gegenstand meiner Leidenschaft vielleicht eine Viertelstunde lang auf diese Weise prüfend angeschaut hatte, wandte sie sich an den Herrn in ihrer Begleitung, und während sie sprach, erkannte ich deutlich an den Blicken der beiden, daß das Gespräch sich auf mich bezog.

Nach dessen Ende wandte sich Madame Lalande wieder der Bühne zu und schien ein paar Minuten lang in die Vorstellung vertieft. Danach aber wurde ich in die höchste Aufregung versetzt, als ich sah, wie sie zum zweitenmal die Lorgnette, die ihr zur Seite hing, entfaltete und mir wie zuvor geradezu ins Gesicht blickte und, ohne das erneute Tuscheln des Publikums zu beachten, mich von Kopf bis Fuß musterte, und zwar mit der gleichen wunderbaren Gelassenheit, die meine Seele vorhin sowohl entzückt wie verwirrt hatte.

Dieses ungewöhnliche Benehmen, das mich ganz und gar in fieberhafte Aufregung stürzte, in ein völliges Liebesdelirium, trug eher dazu bei, mich kühn zu machen, als mich aus der Fassung zu bringen. In der tollen Heftigkeit meiner Liebe vergaß ich alles außer der Nähe und der majestätischen Schönheit der Erscheinung, die meinem staunenden Blick standhielt. Ich paßte die Gelegenheit ab, da ich das Publikum ganz mit der Opernaufführung beschäftigt glaubte, hielt Madame Lalandes Blick fest, und im gleichen Augenblick verbeugte ich mich leicht, aber unverkennbar.

Sie errötete sehr tief, wandte dann die Augen ab, sah sich darauf langsam und vorsichtig um, augenscheinlich um festzustellen, ob meine vorschnelle Handlung bemerkt worden war, und neigte sich zu dem Herrn, der ihr zur Seite saß.

Arnold Böcklin, *Die Toteninsel,* 1886. Foto: AKG, Berlin

Die Ungehörigkeit, die ich begangen hatte, kam mir nun brennend zu Bewußtsein, und ich erwartete nichts Geringeres als einen öffentlichen Auftritt, während die Vorstellung von Pistolen für den nächsten Tag flüchtig und recht unbehaglich mein Gehirn durchzuckte. Ich war aber sofort darauf höchst erleichtert, als ich bemerkte, daß die Dame dem Herrn bloß einen Theaterzettel reichte, ohne dabei zu sprechen; doch der Leser mache sich eine gelinde Vorstellung von meinem Erstaunen, meiner abgründigsten Verwunderung, von der entzückten Verwirrtheit von Herz und Seele, als sie gleich darauf, nachdem sie verstohlen um sich geblickt hatte, ihren strahlenden Augen erlaubte, sich voll und fest auf die meinen zu richten und leise lächelnd, eine glänzende Reihe Perlenzähne entblößend, zweimal deutlich, ausdrücklich und ganz unzweideutig bejahend mit dem Kopfe nickte.

Es ist wohl nicht notwendig, bei meiner Freude, meiner Begeisterung, der grenzenlosen Verzücktheit meines Herzens zu verweilen. Wenn je ein Mensch im Übermaß des Glückes toll war, so war ich es in jenem Augenblick. Ich liebte. Es war meine erste Liebe, so empfand ich es. Es war höchste Liebe, ganz unbeschreiblich. Es war Liebe auf den ersten Blick. Und auf den ersten Blick war sie gewürdigt und erwidert worden.

Ja, erwidert. Wie konnte ich einen Augenblick daran zweifeln, und warum sollte ich zweifeln? Welche andere Auslegung konnte ich auch diesem Betragen einer so schönen, so reichen, augenscheinlich so vollendeten Dame geben, einer Dame von so großer

Bildung und in so hoher gesellschaftlicher Stellung, einer Dame, die, das stand für mich fest, in jeder Hinsicht so durchaus respektabel war wie Madame Lalande? Ja, sie liebte mich, sie erwiderte meine Liebesschwärmerei mit einer so blinden, so kompromißlosen, so wenig berechnenden, so hingegebenen und alle Schranken durchbrechenden Hingerissenheit, wie es die meine war! In diesen beglückenden Vorstellungen und Gedanken wurde ich jedoch durch das Fallen des Vorhangs unterbrochen. Die Zuschauer erhoben sich, und der gewohnte Tumult setzte ein. Ich verließ Talbot unvermittelt und machte alle Anstrengungen, mir einen Weg in die Nähe von Madame Lalande zu bahnen. Da mir das, des Gedränges wegen, mißlang, gab ich endlich die Jagd auf, lenkte meine Schritte heimwärts und entschädigte mich für meine Enttäuschung darüber, daß ich nicht imstande gewesen war, auch nur den Saum ihres Kleides zu berühren, mit dem Gedanken, daß mich Talbot morgen, wie es sich gehörte, vorstellen würde.

Dieser Morgen kam endlich, das heißt, endlich dämmerte der Tag nach einer langen, leidigen Nacht voll Ungeduld, und dann schlichen die Stunden bis eins schneckengleich, öde und endlos dahin. Aber wie man zu sagen pflegt: »Selbst Stambul wird ein Ende haben«, so fand auch diese lange Frist ein Ende. Die Uhr schlug eins. Als das letzte Echo verhallte, trat ich ins B.-Hotel und fragte nach Talbot. »Ausgegangen«, erklärte Talbots Diener.

»Ausgegangen?« erwiderte ich und taumelte ein halbes Dutzend Schritte zurück. »Laß dir sagen, mein sauberer Junge, daß das gar nicht möglich und ganz undenkbar ist; Mr. Talbot ist nicht ausgegangen. Was meinst du eigentlich?«

»Nichts, mein Herr; bloß, Mr. Talbot ist nicht zu Hause, weiter nichts. Er ist nach S. hinübergeritten, gleich nach dem Frühstück, und hat hinterlassen, daß er vor einer Woche nicht in die Stadt zurückzukommen gedenkt.«

Ich stand vor Entsetzen und Wut zu Stein verwandelt. Ich versuchte zu antworten, aber meine Zunge versagte den Dienst. Endlich drehte ich mich auf dem Absatz um, zornglühend, und verwünschte in meinem Innern die ganze Sippe der Talbots in die tiefsten Tiefen der Hölle. Es war klar, mein verehrter Freund, il fanatico, hatte unsere Verabredung ganz vergessen, hatte sie vergessen, kaum daß sie getroffen war. Er war niemals sehr gewissenhaft im Worthalten gewesen; da war nichts zu machen. Also schluckte ich meinen Ärger hinunter, so gut ich konnte, schlenderte übellaunig durch die Straßen und richtete an jeden männlichen Bekannten, den ich traf, eine nutzlose Frage nach Madame Lalande. Vom Hörensagen, fand ich, war sie allen bekannt, viele kannten sie vom Sehen; aber sie hielt sich erst seit ein paar Wochen in der Stadt auf, und deshalb gab es sehr wenige, die sich ihrer persönlichen Bekanntschaft rühmten. Diese wenigen, die ihr noch verhältnismäßig fremd waren, konnten oder wollten sich nicht die Freiheit nehmen, mich in Form eines Morgenbesuches einzuführen. Indes ich in heller Verzweiflung dastand und mit einem Trio von Freunden diesen mich völlig in Anspruch nehmenden Gegenstand meines Herzens besprach, geschah es, daß eben dieser Gegenstand vorüberkam.

»Bei meinem Leben, da ist sie!« rief der eine.

»Berückend schön!« sagte der zweite.

»Ein Engel auf Erden!« stieß der dritte hervor.

Ich blickte hin; und in einem offenen Wagen, der sich uns langsam die Straße herab näherte, saß die entzückende Erscheinung aus der Oper, von jener jüngeren Dame begleitet, die mit ihr die Loge geteilt hatte.

»Ihre Begleiterin hält sich auch ganz ausgezeichnet«, meinte derjenige meiner Freunde, der zuerst gesprochen hatte.

»Erstaunlich«, erklärte der zweite; »sieht noch immer glänzend aus. Aber Kunst tut Wunder; mein Wort darauf, sie sieht besser aus als vor fünf Jahren in Paris; noch immer eine schöne Frau, finden Sie nicht auch, Froissart? – Simpson, meine ich.«

»Noch immer!« entgegnete ich; »und warum sollte sie es nicht sein? Aber mit ihrer Freundin verglichen, ist sie ein Nachtlicht neben dem Abendstern, ein Glühwurm neben dem Antares.«

»Aber, Simpson, Sie haben ein erstaunliches Talent, die Dinge auszulegen, ich meine, auf originelle Art auszulegen.«

Darauf trennten wir uns, während einer von den dreien einen lustigen Gassenhauer zu Summen begann, von dem ich nur folgende Zeilen auffing:

Ninon, Ninon, Ninon à bas –
A bas Ninon de Lenclos!

Während dieser kleinen Szene hatte mir aber doch etwas sehr zum Trost gedient, obgleich es die Leiden-

schaft, die an mir fraß, noch nährte. Als der Wagen
von Madame Lalande an unserer kleinen Gruppe vor-
beirollte, merkte ich, daß sie mich erkannte; und mehr
als das, sie hatte mich, als unzweideutiges Zeichen des
Erkennens, mit dem engelhaftesten Lächeln, das man
sich vorstellen kann, beglückt.

Bezüglich meiner Einführung bei ihr war ich gezwungen, alle Hoffnung aufzugeben, bis es Talbot
belieben würde, von seinem Landaufenthalt zurück-
zukehren. In der Zwischenzeit besuchte ich unermüd-
lich jeden ehrbaren Ort öffentlicher Lustbarkeit, und
im Theater endlich, wo ich sie das erstemal gesehen
hatte, wurde mir das hohe Glück zuteil, ihr zu begeg-
nen und ein zweitesmal Blicke mit ihr zu tauschen.
Das trug sich aber erst nach Ablauf von vierzehn
Tagen zu. Zwischendurch hatte ich Tag für Tag in
seinem Hotel nach Talbot gefragt und bekam Tag für
Tag einen Wutanfall bei dem ewigen: »Noch nicht
zurück!« seines Dieners.

An dem fraglichen Abend befand ich mich daher in
einem Zustand, der an Wahnsinn grenzte. Man hatte
mir gesagt, Madame Lalande sei Pariserin und vor
kurzem aus Paris angekommen – konnte sie nicht
plötzlich dahin zurückkehren? Zurückkehren, ehe Talbot kam – und konnte sie auf diese Weise nicht für immer für mich verloren sein? Dieser Gedanke war zu
furchtbar, um ihn zu ertragen.

Da mein künftiges Glück davon abhing, entschied
ich mich, mit männlicher Entschlossenheit zu han-
deln. Mit einem Wort: als die Vorstellung zu Ende war,
folgte ich der Dame bis zu ihrer Wohnung, notierte die
Adresse und sandte ihr am nächsten Morgen einen

ausführlichen, sorgfältig ausgearbeiteten Brief, in den ich mein ganzes Herz verströmte.

Ich sprach kühn, frei – ich sprach mit Leidenschaft. Ich verbarg ihr nichts, auch meine Schwächen nicht. Ich spielte auf die romantischen Umstände unserer ersten Begegnungen an, selbst auf die Blicke, die wir gewechselt hatten. Ich ging so weit, zu sagen, ich sei ihrer Liebe gewiß, und führte sowohl diese Gewißheit als auch meine eigene stürmische Verehrung als zwei Entschuldigungsgründe für mein sonst unverzeihliches Betragen an. Zum dritten erwähnte ich die Befürchtung, sie könnte die Stadt verlassen, ehe ich Gelegenheit fände, ihr geziemend vorgestellt zu werden. Ich schloß diese Epistel, die feurigste, schwärmerischste, die jemals geschrieben wurde, mit einer offenen Darlegung meiner äußeren Umstände, meines Reichtums – und bot ihr Herz und Hand an.

In qualvollster Erwartung harrte ich ihrer Antwort entgegen. Nach Verlauf einer Zeit, die mir ein Jahrhundert schien, kam sie.

Ja, sie kam wirklich. So märchenhaft das alles klingen mag, ich erhielt wirklich einen Brief von Madame Lalande, der schönen, der reichen, der vergötterten Madame Lalande. Ihre Augen, ihre herrlichen Augen hatten ihr edles Herz nicht Lügen gestraft. Als echte Französin, die sie war, hatte sie der freimütigen Eingebung ihrer Vernunft gehorcht, den edlen Trieben ihrer Natur, und hatte die herkömmliche Prüderie der Welt mißachtet. Sie hatte meinen Antrag keineswegs verspottet. Sie hatte sich nicht hinter Schweigen verschanzt. Sie hatte meinen Brief nicht uneröffnet zurückgesandt. Sie schickte mir als Antwort sogar

einen Brief, den sie mit ihren eigenen wunderbaren
Fingern geschrieben hatte. Er lautete so:

»Monsieur Simpson wird verseien, daß ik die söne
Sprak von sein pays nit componire so gutt als sollte.
Ik sein erst kurs ankommen und 'abe nok nit opportu-
nité su – l'étudier.

Mit diese apologie fur die manière ik wollen sagen,
daß – hélas! – Monsieur Simpson 'aben nur zu wahr
geraten. Muß ik sagen mehr? Hélas! – 'aben ik nit be-
reits su vill gesagt?

Eugénie Lalande«

Diesen hochsinnigen Brief küßte ich tausendmal
und vollführte sicherlich um seinetwillen tausend andere Ungereimtheiten, die meinem Gedächtnis nun
entschwunden sind. Aber Talbot wollte noch immer
nicht zurückkehren. Ach, hätte er sich auch nur die
leiseste Vorstellung von den Leiden gemacht, die seine Abwesenheit dem Freunde verursachte, wäre seine
mitfühlende Natur diesem Freund dann nicht sofort
zu Hilfe geeilt? Doch wie immer es sich verhielt, er
kam nicht. Ich schrieb ihm. Er antwortete. Wichtige
Geschäfte hielten ihn ab, aber er würde binnen kurzem kommen. Er bat mich, nicht ungeduldig zu sein,
meinen Überschwang zu mäßigen, besänftigende Bücher zu lesen, nichts Stärkeres zu trinken als Rhein-
wein und die Trostsprüche der Philosophie zu Rate
zu ziehen. Der Narr! Falls er selbst schon nicht kommen konnte, warum im Namen der Vernunft konnte
er nicht einen Empfehlungsbrief beischließen? Ich
schrieb ihm nochmals und flehte ihn an, unverzüglich

ein Empfehlungsschreiben zu schicken. Mein Brief
wurde von dem bewußten Diener – der Halunke war
seinem Herrn aufs Land gefolgt – mit folgendem Blei-
stiftvermerk zurückgeschickt:

»Gestern von S. abgereist, Richtung unbekannt –
sagte nicht wohin – so schien es mir das beste, Ihren
Brief zu retournieren, da ich Ihre Handschrift kenne
und da Sie stets mehr oder weniger in Eile sind.

Ihr ergebener Stubbs«

Ich brauche wohl nicht zu sagen, daß ich daraufhin
Herrn und Diener gleichermaßen den höllischen Geistern opferte; aber sich ärgern half wenig, und klagen
brachte nicht den geringsten Trost.

Doch blieb mir dank meiner angeborenen Kühnheit
noch ein Ausweg übrig. Bisher hatte diese Kühnheit
mir gute Dienste erwiesen, und so beschloß ich nun,
daß sie mich ans Ziel bringen sollte. Welche Formlo-
sigkeit, natürlich in gewissen Grenzen, konnte ich
übrigens nach dem Briefwechsel, der zwischen uns
stattgefunden hatte, wohl noch begehen, die Madame
Lalande hätte unschicklich finden müssen? Seit der
Briefaffäre hatte ich begonnen ihr Haus zu beobachten und auf diese Weise herausgefunden, daß sie die
Angewohnheit hatte, zur Zeit der Dämmerung, nur
von einem Neger in Livree begleitet, auf dem freien,
bepflanzten Platze, auf den ihre Fenster blickten, auf
und ab zu wandeln. Hier, inmitten eines üppigen,
schattenspendenden Haines und im grauen Dämmer-
licht eines lieblichen Hochsommerabends, nahm ich
die Gelegenheit wahr und sprach sie an.

Um den aufwartenden Diener um so eher zu täuschen, tat ich es mit der sichersten Miene eines alten, vertrauten Bekannten. Mit ihrer so ganz pariserischen Geistesgegenwart erfaßte sie sogleich meine Absicht und streckte zur Begrüßung die bezaubernde kleine Hand aus. Der Lakai zog sich sogleich in den Hintergrund zurück; und nun sprachen wir mit zum Überfließen vollen Herzen lang und rückhaltlos von unserer Liebe.

Da Madame Lalande kaum weniger geläufig englisch sprach, als sie es schrieb, unterhielten wir uns notgedrungen auf französisch. In jener holden Sprache, die Leidenschaft so gut auszudrücken weiß, ließ ich meiner ungestümen Schwärmerei die Zügel schießen und beschwor sie mit aller Beredsamkeit, die mir zur Verfügung stand, in eine sofortige Heirat zu willigen.

Sie belächelte meine Ungeduld. Und sie brachte die alte Geschichte von Anstand und Schicklichkeit vor, diesem Popanz, der so viele von ihrem Glück abhält, bis die Gelegenheit, glücklich zu werden, auf immer vorbei ist. Ich hätte höchst unklug unter meinen Freunden verbreitet, bemerkte sie, daß ich ihre Bekanntschaft wünsche; ich hätte damit also kundgegeben, daß ich sie nicht kenne, und infolgedessen gebe es wiederum keine Möglichkeit, den Zeitpunkt unseres Bekanntwerdens zu verhehlen. Und dann verwies sie errötend darauf, wie kurz das erst her war. Sofort zu heiraten würde unpassend, würde unanständig, würde »outré« sein. All das sagte sie mit einem reizenden Anstrich von Naivität, der mich hinriß, zugleich aber schmerzte und überzeugte. Sie ging so-

gar so weit, mich lachend der Voreiligkeit, der Unbe-
dachtsamkeit zu zeihen.

Sie bat mich zu bedenken, daß ich tatsächlich nicht
einmal wisse, wer sie sei, welches ihre Aussichten
seien, ihre Beziehungen, ihre Stellung in der Gesellschaft. Sie bat mich jedoch mit einem Seufzer, meinen Antrag nochmals zu erwägen, und nannte meine
Liebe eine Verblendung, ein Irrlicht, eine Grille, die
Laune des Augenblicks, die schwankende, haltlose
Schöpfung meiner Phantasie viel mehr als meines
Herzens. Diese Dinge brachte sie vor, da die Schatten
der holden Dämmerung uns dunkler und dunkler um-
schlossen, und zerstörte mit einem einzigen zarten
Druck ihrer Feenhand den ganzen Aufbau von Beweisen, den sie eben erst errichtet hatte.

Ich antwortete, so gut ich vermochte, wie nur ein
wahrhaft Liebender antworten kann. Ich sprach lange
und mit Beharrlichkeit von meiner Verehrung, von
meiner Leidenschaft, von ihrer alles übertreffenden
Schönheit und von meiner eigenen schwärmerischen
Bewunderung. Schließlich betonte ich mit überzeu-
gendem Nachdruck die Fährnisse, die den Weg der
Liebe umgeben, den Weg der wahren Liebe, der niemals glatt verläuft, und stellte ihr so die offenbare Gefahr vor Augen, die entstand, wenn man diesen Weg
unnötig in die Länge zog.

Dieser letzte Beweis schien endlich die Strenge ihres Entschlusses zu mildern. Sie gab nach; aber es sei
da noch ein weiteres Hindernis, sagte sie, von dem sie
überzeugt sei, daß ich es nicht genügend in Betracht
gezogen hätte. Das sei ein heikler Punkt, ganz besonders wenn eine Frau sich darüber äußern solle; sobald

sie ihn erwähne, sehe sie sich genötigt, ihren Empfindungen Gewalt anzutun. Doch für mich solle jedes
Opfer gebracht werden.

Sie kam auf das Thema »Alter« zu sprechen. Sei ich
mir bewußt, sei ich mir ganz und gar des Unterschie-
des zwischen uns beiden bewußt? Daß das Alter des
Gatten dasjenige der Ehefrau um einige Jahre über-
treffe, auch um fünfzehn und zwanzig Jahre, das
halte man in der Welt für zulässig, sogar für richtig;
aber sie habe immer geglaubt, daß die Jahre der Frau
diejenigen des Gatten an Zahl niemals übersteigen
sollten. Ein Unterschied von so widernatürlicher Art
gebe, ach! nur zu häufig Veranlassung zu einem Leben voll Unglück. Nun wisse sie selbst recht gut, daß
mein Alter nicht mehr als zweiundzwanzig Jahre
betrage; ich dagegen wisse vielleicht nicht, daß die
Jahre meiner Eugénie ganz erheblich über diese Zahl
hinausgingen.

Alle diese Dinge brachte sie mit einem Seelenadel,
einer hoheitsvollen Unschuld vor, die mich entzückten, mich bezauberten, die meine Ketten auf ewig
festschmiedeten. Ich konnte das äußerste Entzücken,
das mich ergriff, kaum zügeln.

»Meine süßeste Eugénie«, rief ich aus, »was bedeutet all das, worüber Sie reden? Ihr Alter übertrifft ein
wenig das meine. Aber was tut das? Die Sitten der
Welt sind ebenso viele konventionelle Narrheiten. In
welcher Beziehung unterscheidet sich für jemanden,
der liebt, wie wir lieben, ein Jahr von einer Stunde?
Sie sagen, ich sei zweiundzwanzig; ich gebe es zu; Sie
könnten ebensogut sagen, ich sei dreiundzwanzig.
Nun, Sie selbst, meine teuerste Eugénie, können nicht

Karl Blechem, *Galgenberg bei Gewitterstimmung,* um 1835.
Foto: AKG, Berlin/Erich Lessing

mehr als – können nicht mehr als – nicht mehr als – als – als – als – «

Hier hielt ich einen Augenblick inne, in der Erwartung, daß Madame Lalande mich unterbrechen und mir ihr wahres Alter nennen würde. Aber eine Französin ist selten aufrichtig und hält auf eine Frage, die sie in Verlegenheit setzt, ihre eigene kleine geschickte Antwort bereit. In diesem Fall ließ Eugénie, die schon während der letzten Augenblicke etwas in ihrem Halsausschnitt zu suchen schien, ein Miniaturbildchen auf den Rasen fallen, das ich sogleich aufhob und ihr überreichte.

»Behalten Sie es!« sagte sie mit dem ihr eigenen bestrickenden Lächeln. »Behalten Sie es mir zuliebe, derjenigen zuliebe, die es nur allzu geschmeichelt darstellt. Überdies können Sie auf der Rückseite des Kleinods eben jene Auskunft finden, um die es Ihnen wohl zu tun ist. Es wird nun wirklich ein wenig dunkel, aber Sie können es morgen früh mit Muße betrachten. Inzwischen sollen Sie mich heute abend nach Hause begleiten. Meine Freunde veranstalten einen kleinen musikalischen Empfang. Ich kann Ihnen unter anderem versprechen, daß gut gesungen wird. Wir Franzosen nehmen es nicht annähernd so genau wie ihr Amerikaner, und es wird mir nicht schwerfallen, Sie als alten Bekannten einzuschmuggeln.«

Damit nahm sie meinen Arm, und ich begleitete sie nach Hause. Es war ein prächtiges Haus und, wie ich glaube, mit viel Geschmack eingerichtet. Aber ich habe kaum die Berechtigung, über letzteren Punkt zu urteilen, denn als wir ankamen, war es gerade dunkel geworden, und in den besseren amerikanischen Häusern sieht man, solange die Sommerhitze dauert, zu dieser angenehmsten Zeit des Tages selten künstliches Licht. Es wurde nun zwar etwa eine Stunde nach meinem Kommen ein Sonnenbrenner, den ein Schirm beschattete, im großen Salon angezündet; und so konnte ich sehen, daß dieser Raum mit ungewöhnlich gutem Geschmack, ja sogar prunkvoll eingerichtet war. Aber zwei weitere Räume der Zimmerflucht, in denen die Gesellschaft hauptsächlich versammelt war, blieben den ganzen Abend über in angenehmstem Dunkel. Das ist ein hübsch erfundener Brauch, der es der Gesellschaft zumindest überläßt, zwischen Licht und Schatten zu wählen, ein Brauch, den schleunigst zu dem ihren zu machen unsere Freunde über dem Wasser guttäten.

Der so verbrachte Abend war fraglos der köstlichste meines Lebens. Madame Lalande hatte die musikalischen Fähigkeiten ihrer Freunde nicht überschätzt; und außer in Wien hatte ich in keinem privaten Zirkel einen Gesangsvortrag gehört, der diesen hier übertraf. Virtuosen auf ihrem Instrument gab es viele, und alle waren sie hervorragend begabt. Die Sänger waren meistens Damen, und keine von allen sang schlechter als gut. Als man endlich heftig nach Madame Lalande verlangte, erhob sie sich sogleich ohne Ziererei oder Zaudern von der Chaiselongue, auf der sie an meiner Seite gesessen hatte, und begab sich, begleitet von ein, zwei Herren und ihrer Freundin aus der Oper, zum Klavier im großen Salon. Ich hätte ihr selbst das Geleit gegeben, empfand aber, daß ich unter den Umständen, wie ich in dieses Haus eingeführt worden war, besser daran tat, unbeachtet an meinem

Platz zu bleiben. Ich wurde so des Vergnügens beraubt, sie singen zu sehen, wenn ich sie auch singen hören konnte.

Sie schien auf die Gesellschaft elektrisierend zu wirken, aber auf mich selbst wirkte sie noch mehr als das. Ich kann diese Wirkung nicht richtig beschreiben. Sie entsprang zweifellos zum Teil dem Liebesgefühl, das mich erfüllte, hauptsächlich aber meiner völligen Überzeugtheit von der außerordentlichen Gefühlstiefe der Sängerin. Der sublimsten Kunst gelänge es nicht, eine Arie oder ein Rezitativ leidenschaftlicher zum Ausdruck zu bringen, als sie es tat.

Ihr Vortrag der Romanze aus *Othello,* der Ton, mit dem sie die Worte »Sul mio sasso« in den *Capuletti* wiedergab, klingt noch in meiner Erinnerung nach. Die tieferen Töne waren ganz wunderbar. Ihre Stimme umfaßte drei volle Oktaven und reichte vom d des Kontraalts bis zum d des hohen Soprans, und obgleich sie tragend genug gewesen wäre, das Theater San Carlo zu füllen, führte sie haargenau alle Schwierigkeiten der Singstimme aus, kletterte Tonleitern auf und ab und Kadenzen und Verzierungen. Im Finale der *Somnambula* erzielte sie eine besondere Wirkung bei den Worten:

Ah! non giunge uman pensiero
Al contento ond' io son piena.

Hier änderte sie, dem Beispiel der Malibran folgend, die ursprüngliche Phrase des Bellini, und zwar so, daß sie die Stimme bis zum g des Tenors senkte und dann in raschem Wechsel das dreigestrichene g intonierte und so ein Intervall von drei Oktaven übersprang.

Als sie sich nach diesem Wunder an Gesangsleistung vom Klavier erhob, nahm sie ihren Platz an meiner Seite wieder ein; und da drückte ich ihr mit Worten höchster Begeisterung mein Entzücken über ihre Kunst aus. Von meiner Überraschung sagte ich nichts, und doch war ich aufrichtig überrascht. Denn eine gewisse Schwäche oder gewisse zittrige Unsicherheit der Stimme im gewöhnlichen Gespräch hatte mich erwarten lassen, daß sie beim Singen keine hervorragenden Fähigkeiten entwickeln würde.

Wir sprachen nun lange, ernsthaft, ungestört und völlig rückhaltlos miteinander. Sie ließ mich vieles aus meinem früheren Leben berichten und lauschte jedem Wort meiner Erzählung mit atemloser Spannung. Ich verbarg ihrer vertrauenden Liebe nichts, fühlte, daß ich ein Recht hatte, nichts zu verbergen. Ermutigt durch die Aufrichtigkeit, mit der sie die heikle Frage ihres Alters behandelt hatte, ließ ich mich nicht nur bezüglich meiner kleineren Fehler ganz offenherzig auf Einzelheiten ein, sondern legte noch eine volle Beichte über gewisse moralische, ja, sogar über gewisse körperliche Gebrechen ab, deren Enthüllung, da sie soviel mehr Mut erforderte, ein um so sichereres Zeichen von Liebe ist. Ich berührte meine Schülerstreiche, meine Überspanntheiten, meine Trinkgelage, meine Schulden, meine Liebeleien. Ich ging sogar so weit, von einem leichten auszehrenden Husten zu reden, der mich eine Zeitlang belästigt hatte, von chronischem Rheumatismus, einem kleinen vererbten, gichtischen Zwicken und zum Schluß von der unangenehmen und lästigen, aber bisher so sorgfältig verhehlten Schwäche meiner Augen.

»Daß Sie diesen letzten Punkt gebeichtet haben«, sagte Madame Lalande lachend, »war sicherlich unüberlegt; denn ich bin überzeugt, daß ohne diese Beichte niemand Sie dessen verdächtigt hätte. Nebenbei bemerkt«, fuhr sie fort, »erinnern Sie sich noch« – und hier bildete ich mir ein, daß selbst in der Dunkelheit des Zimmers das Erröten ihrer Wangen deutlich zu sehen war –, »erinnern Sie sich noch, mon cher ami, dieses kleinen Augenbeistandes, der jetzt an meinem Halse hängt?«

Bei diesen Worten drehte sie die bewußte Lorgnette, die mich damals im Opernhaus so ganz überwältigt und verwirrt hatte, zwischen ihren Fingern. »Ach, nur zu wohl erinnere ich mich dessen«, rief ich aus und drückte leidenschaftlich die zarte Hand, die mir das Glas zur Besichtigung hinhielt. Es war ein kompliziertes, prächtiges Spielzeug, reich ziseliert und mit Filigranarbeit versehen und selbst in diesem unzureichenden Licht von Juwelen funkelnd; ich konnte nicht umhin festzustellen, daß sie von hohem Wert waren.

»Eh bien! mon ami«, nahm sie den Faden wieder auf, und zwar mit einem empressement in ihrem Wesen, das mich einigermaßen befremdete, »eh bien, mon ami, Sie haben mich allen Ernstes um eine Gunst gebeten, und es hat Ihnen beliebt, diese Gunst unschätzbar zu nennen. Sie haben mich für morgen um meine Hand gebeten. Falls ich nun Ihrem Flehen und, wie ich hinzufügen kann, der Fürsprache meines Herzens nachgebe, sollte ich da nicht berechtigt sein, eine ganz, ganz kleine Gefälligkeit als Entgelt zu verlangen?«

»Nennen Sie sie!« rief ich mit solchem Nachdruck aus, daß ich beinahe die Aufmerksamkeit der Gesellschaft auf uns gelenkt hätte; und nur, daß wir nicht allein waren, hielt mich davor zurück, mich ihr stürmisch zu Füßen zu werfen. »Nenne es, meine Geliebte, meine Eugénie, mein alles, nenne es! – doch ach! es ist ja gewährt, ehe du es nennst.«

»Sie sollen also, mon ami«, antwortete sie, »jener Eugénie zu Gefallen, die Sie lieben, diese kleine Schwäche, die Sie zuletzt gebeichtet haben, besiegen – diese mehr moralische als physische Schwäche, die, seien Sie dessen versichert, so sehr dem Adel Ihres wirklichen Wesens widerspricht und sich mit der Offenheit Ihres sonstigen Charakters so schlecht verträgt und die Sie, falls man sie überhand nehmen läßt, sicherlich früher oder später in irgendeine höchst peinliche Situation bringen wird. Sie sollen mir zuliebe diese Eitelkeit besiegen, die Sie nach Ihrer eigenen Aussage dazu verleitet, Ihre Sehschwäche durch Stillschweigen und Verhehlen zu verleugnen. Denn Sie leugnen dieses Übel tatsächlich ab, indem Sie sich weigern, das gebräuchlichste Mittel zu seiner Beseitigung anzuwenden. Sie verstehen also, was ich sagen will: ich wünsche, daß Sie Augengläser tragen – ach, still! Sie haben schon eingewilligt, welche zu tragen, mir zuliebe. Sie werden dieses kleine Spielzeug, das ich hier in der Hand halte, annehmen; obgleich es als Sehbehelf bewunderungswürdig ist, hat es doch als Kleinod keinen besonderen Wert. Sie sehen, daß es mittels einer geringfügigen Abänderung – so – und so – den

Augen in Form einer Brille angepaßt werden oder aber als Lorgnette in der Westentasche getragen werden kann. Doch Sie haben schon eingewilligt, es in ersterer Form und regelmäßig zu tragen, mir zuliebe!«

Diese Bitte – ich muß es gestehen – verwirrte mich in nicht geringem Maße. Aber die Bedingung, mit der sie verknüpft war, ließ ein Zögern natürlich gar nicht in Frage kommen.

»Es sei!« rief ich mit soviel Begeisterung, wie ich im ersten Augenblick aufbringen konnte. »Es sei … es sei freudig gewährt. Ihnen zuliebe bringe ich jede Empfindlichkeit zum Opfer. Heute abend trage ich dieses liebe Augenglas als Lorgnette und auf meinem Herzen; aber mit dem ersten Dämmern jenes Morgens, der mir das Glück verleiht, Sie mein Weib zu nennen, werde ich es auf meine … auf meine Nase setzen und von da an immer so tragen, auf jene weniger romantische und weniger modische, aber sicherlich zweckmäßigere Weise, wie Sie es wünschen.«

Unser Gespräch wandte sich nun den einzelnen Anordnungen zu, die für den nächsten Morgen zu treffen waren. Ich erfuhr von meiner Verlobten, daß Talbot eben nach der Stadt zurückgekehrt sei. Ich mußte ihn sofort aufsuchen und einen Wagen besorgen. Die Soiree würde kaum vor zwei Uhr ein Ende haben; zu jener Stunde sollte das Gefährt vor dem Tor stehen, dann konnte Madame Lalande inmitten des Wirrwarrs, den der Aufbruch der Gesellschaft verursachte, leicht unbemerkt einsteigen. Darauf sollten wir beim Hause eines Geistlichen vorfahren, der uns erwartete, dort getraut werden, Talbot absetzen und unsere Fahrt zu einer kleinen Reise nach dem Osten ausdehnen. Und der Gesellschaft zu Hause überließen wir es, über die Angelegenheit nach Gutdünken allerlei Vermutungen anzustellen.

Nachdem wir all dies abgemacht hatten, verabschiedete ich mich sogleich und ging auf die Suche nach Talbot; aber unterwegs konnte ich mich nicht enthalten, in eine Gaststätte einzutreten, um die Miniatur genau zu betrachten, und zwar kräftig unterstützt von meinen Augengläsern. Das Antlitz war über alle Maßen schön! Diese großen strahlenden Augen! – die stolze griechische Nase! Die dunklen, üppigen Locken! – Ach! sprach ich frohlockend zu mir selbst, das ist wahrlich das sprechende Bildnis meiner Geliebten! Ich wandte die Rückseite nach oben und entdeckte die Worte: »Eugénie Lalande, siebenundzwanzig Jahre und sieben Monate alt.«

Ich traf Talbot zu Hause und ging sofort daran, ihn von meinem Glück zu unterrichten. Selbstverständlich drückte er sein äußerstes Erstaunen aus, gratulierte mir aber aufs herzlichste und erbot sich zu jedem Beistand, der in seiner Macht lag. Mit einem Wort, wir führten, was verabredet war, buchstäblich aus; und um zwei Uhr morgens, gerade zehn Minuten nachdem die Zeremonie beendet war, befand ich mich mit Madame Lalande, ich sollte eigentlich sagen: mit Mrs. Simpson, in einem geschlossenen Wagen, der in schnellem Tempo die Stadt in nord-nordöstlicher Richtung verließ.

Talbot hatte bestimmt, daß wir, da wir die ganze Nacht wach sein würden, in C., einem Dorf, das etwa zwanzig Meilen von der Stadt entfernt liegt, zum erstenmal haltmachen, ein erstes Frühstück einnehmen und ein wenig der Ruhe pflegen sollten, ehe wir unsere Reise fortsetzten. Schlag vier Uhr fuhr daher der Wagen vor dem größten Gasthaus vor. Ich half meiner angebeteten Frau heraus und bestellte sofort ein Frühstück. Bis dahin wies man uns in ein kleines Wohnzimmer, und wir setzten uns.

Inzwischen war es beinahe oder gänzlich Tag geworden, und als ich verzückt auf den Engel an meiner Seite blickte, ging mir mit einemmal der sonderbare Gedanke durch den Kopf, daß jetzt tatsächlich der überhaupt allererste Augenblick seit meiner Bekanntschaft mit der gepriesenen Schönheit der Madame Lalande war, der mir gestattete, diese Schönheit des näheren bei Tageslicht zu besehen.

»Doch nun, mon ami«, sagte sie und ergriff meine Hand und unterbrach so meinen Gedankengang, »doch nun, mon cher ami, da wir unlöslich eins sind, da ich Ihren leidenschaftlichen Bitten willfahrt habe und mein Teil des Übereinkommens erfüllt ist, nun nehme ich an, daß die Gunst nicht vergessen ist, die Sie zu verschenken haben, das kleine Versprechen, das zu halten Ihre Absicht ist. Halt, lassen Sie mich nachdenken! Ich besinne mich! Ja, ganz leicht rufe ich mir den genauen Wortlaut des teuren Versprechens ins Gedächtnis zurück, das Sie Eugénie gestern abend gaben. Hören Sie! Sie sprachen: ›Es sei … es sei freudig gewährt! Ihnen zuliebe bringe ich jede Empfindlichkeit zum Opfer. Heute abend trage ich dieses liebe Augenglas als Lorgnette und auf meinem Herzen; aber im ersten Dämmerschein jenes Morgens, der mir das Vorrecht gibt, Sie mein Weib zu nennen, werde ich es auf meine Nase setzen und es von nun ab immer so tragen, auf diese weniger romantische und weniger modische, aber sicherlich zweckmäßigere Weise, wie Sie es wünschen.‹ Genau das waren Ihre Worte, mein geliebter Gatte, nicht wahr?«

»So ist es«, antwortete ich, »Sie haben ein ausgezeichnetes Gedächtnis; und sicherlich, meine schöne Eugénie, liegt bei mir keinesfalls die Neigung vor, der Erfüllung des armseligen Versprechens, das in diesen Worten liegt, auszuweichen. So! – Sehen Sie! – Sie kleidet mich – ziemlich – gut, nicht wahr?« Und mit diesen Worten gab ich den Gläsern die gewöhnliche Brillenform und setzte sie an ihren richtigen Platz. Währenddessen rückte Madame Simpson ihre Haube zurecht und saß, die Arme gekreuzt, kerzengerade auf ihrem Stuhl, etwas steif und geziert und nicht gerade in würdevoller Haltung.

»Gott sei mir gnädig«, rief ich beinahe im gleichen Augenblick, da der Bügel der Brille auf meiner Nase festsaß. »Du meine Güte! Gott sei mir gnädig! Ja, was hat es denn mit diesen Augengläsern auf sich?« Ich nahm sie schnell ab, putzte sie sorgfältig mit einem seidenen Taschentuch und setzte sie wieder auf! Doch wenn im ersten Augenblick etwas eintrat, das mich wunderte, so steigerte sich im nächsten Augenblick dieses Verwundern zum Staunen; und dieses Staunen war tief, war wild, ja, man konnte es ein Staunen voll Entsetzen nennen. Was im Namen aller Scheußlichkeiten bedeutete das? Durfte ich meinen Augen trauen? Durfte ich ihnen wirklich trauen? Das war die Frage. War das – war das – war das Rouge? Und waren das – waren das – waren das Runzeln auf dem Gesicht von Eugénie Lalande? Und oh! Bei Jupiter und allen

Göttern und Göttinnen, den großen und den kleinen!
Was – was – was – was in aller Welt war aus ihren
Zähnen geworden? Ich schleuderte die Brille heftig zu
Boden, sprang mit beiden Füßen zugleich auf und
stand hochaufgerichtet inmitten des Zimmers, die
Arme in die Seiten gestemmt, Mrs. Simpson gegen-
über, zähnefletschend, schäumend, aber vollkommen
sprach- und hilflos vor Schrecken und Wut.

Nun habe ich schon einmal erwähnt, daß Madame
Eugénie Lalande, d. h. Simpson, das Englische nur
sehr wenig besser sprach als schrieb; und aus diesem
Grund war es ganz richtig, daß sie für gewöhnlich gar
nicht versuchte, es zu sprechen. Aber der Zorn kann
eine Dame zum Äußersten treiben. Und in diesem Fall
trieb er Mrs. Simpson derart zum Äußersten, daß sie
den Versuch machte, ein Gespräch in einer Sprache zu
führen, die sie durchaus nicht beherrschte.

»Nun, Monsieur«, sagte sie, nachdem sie mich mit
sichtlichem Erstaunen einige Augenblicke lang be-
trachtet hatte, »nun, Monsieur! – was denn? – was
sein denn los? Ist es der Tanz von St. Veit, Sie 'aben?
Wenn mich nicht mögen, für was, warum kaufen die
Katz im Sack?«

»Elende!« sagte ich, nach Atem ringend, »Sie – Sie
– Sie abscheuliche alte Hexe!«

»'Exe? – alt? – ich sein nicht so sehr alt, alles in
allem! – ich sein kein einzig Tag mehr als die zweiundachtzig.«

»Zweiundachtzig«, stieß ich hervor und taumelte
gegen die Wand, »zweiundachtzig hunderttausend
Paviane! Auf der Miniatur stand siebenundzwanzig
Jahre und sieben Monate!«

Thomas Cole, *Die Elemente,* um 1828. Foto: AKG, Berlin

»Gewiß! – so is! sehr wahr! Aber der Porträt ist gemalen vor fünfundfünfzig Jahr. Als ich 'eiraten mein sweite Mann, Monsieur Lalande, ich 'abe malen lassen der Porträt für mein Tochter von mein erste Mann, Monsieur Moissart!«

»Moissart?« sagte ich.

»Ja, Moissart«, sagte sie und äffte meine Aussprache nach, die, die Wahrheit zu sagen, nicht die beste war; »und was weiter? Was Sie wissen über der Moissart?«

»Nichts, Sie altes Scheusal! Ich weiß gar nichts von ihm; ich hatte bloß einen Vorfahren dieses Namens, vor langer Zeit.«

»Dieses Name! und was 'aben Sie su sagen von das Name? Es ist ein sehr gutte Name; ebenso Voissart – das is auch ein sehr gutte Name; mein Tochter, Mademoiselle Moissart, sie 'eiraten ein Monsieur Voissart; und die Name beide sehr respektable Name.«

»Moisgart?« schrie ich, »und Voissart! – ja, was meinen Sie damit?«

»Was ich meinen? Ich meinen Moissart und Voissart; und wenn weiter nix is, ich meinen auch Croissart und Froissart, wenn ich finden richtig su meinen. Die Tochter meiner Tochter, Mademoiselle Voissart, sie 'eiraten ein Monsieur Croissart und dann wieder mein Tochter Enkeltochter, Mademoiselle Croissart, sie 'eiraten ein Monsieur Froissart, und ich nehmen an, Sie sagen nicht, daß das kein sehr respektable Name ist.«

»Froissart!« sagte ich, und es wurde mir ganz schwach, »nein – im Ernst, Sie meinen wirklich Moissart und Voissart und Croissart und Froissart?«

»Ja«, sagte sie, sich weit in den Sessel zurücklehnend und die Beine sehr lang von sich streckend, »ja, Moissart und Voissart und Croissart und Froissart. Aber Monsieur Froissart, er war eine sehr große – was Sie nennen – Narr – er war eine sehr große Esel, so wie Sie – denn er verließ la belle France, su gehen nach diese dumme Amérique – und da er war hier, ging er 'in und 'atte ein sehr – ein sehr, sehr stupide Sohn, 'öre ich, obgleich ich noch nicht 'atte das Plaisier, ihm zu treffen, weder ich noch meine Begleiterin, die Madame Stephanie Lalande. Er 'eißen Napoleon Bonaparte Froissart, und ich vermuten, Sie sagen, daß das auch kein sehr respektabler Name ist.«

Entweder die Dauer oder die Natur dieser Aussprache bewirkte, daß Mrs. Simpson sich in eine ganz außerordentliche Wut hineinsteigerte; und als sie mit großer Anstrengung zu Ende gekommen war, sprang sie wie eine Besessene von ihrem Sitz auf und verstreute beim Aufspringen eine ganze Welt von Pölsterchen über den Fußboden. Einmal auf den Füßen, preßte sie knirschend die Kiefer aufeinander, fuchtelte mit den Armen, krempelte die Ärmel auf, schüttelte ihre Fäuste vor meinem Gesicht, und zum Schluß der Vorstellung riß sie die Haube vom Kopf und mit ihr zugleich eine riesige Perücke aus dem wertvollsten und schönsten schwarzen Haar, schleuderte das Ganze mit einem durchdringenden Schrei zu Boden, trampelte darauf herum und tanzte einen Fandango darauf, alles das in völliger Raserei und einem Ausbruch äußerster Wut.

Indes war ich entgeistert in den Stuhl gesunken, den sie verlassen hatte. »Moissart und Voissart!« wiederholte ich nachdenklich, als sie gerade einen ihrer Luftsprünge vollführte, und: »Croissart und Froissart!« als eben ein zweiter an die Reihe kam. »Moissart und Voissart und Croissart und Napoleon Bonaparte Froissart! Aber, du alte Schlange, das bin ja ich – das bin ich – hörst du – das bin ich!« und nun kreischte ich aus Leibeskräften: »Das bin iiiich! Ich bin Napoleon Bonaparte Froissart! Und wenn ich nun nicht meine Ur-Urgroßmutter geheiratet habe, so mag ich auf ewig verdammt sein!«

Es entsprach den nüchternen Tatsachen, Madame Eugénie Lalande, alias Mrs. Simpson, verwitwete Moissart, war meine Ur-Urgroßmutter. Sie war in ihrer Jugend schön gewesen, und selbst mit zweiundachtzig Jahren war ihr die majestätische Größe, die schön modellierte Kopfform, waren ihr die wunderbaren Augen und die griechische Nase ihrer Mädchenzeit geblieben. Mit deren Hilfe und mit Perlpuder, Rouge, falschem Haar, falschen Zähnen und falscher Tournure sowie mit Hilfe der geschicktesten Modistinnen von Paris gelang es ihr, einen ehrenvollen Platz unter den Schönheiten »an peu passées« der französischen Metropole zu behaupten. In dieser Beziehung stand sie wirklich der berühmten Ninon de Lenclos wenig nach.

Sie war ungeheuer reich; und da sie, zum zweitenmal verwitwet, kinderlos zurückblieb, erinnerte sie sich meiner Existenz in Amerika und unternahm in der Absicht, mich zu ihrem Erben einzusetzen, einen Besuch der Vereinigten Staaten, begleitet von einer entfernten, ausnehmend schönen Verwandten ihres zweiten Gatten, einer Madame Stephanie Lalande. In der Oper erregte mein Anstarren die Aufmerksamkeit

meiner Ur-Urgroßmutter, und als sie mich durch die
Lorgnette betrachtete, wurde sie durch eine gewisse
Familienähnlichkeit mit sich selbst überrascht. Interessiert und wohl wissend, daß der Erbe, den sie suchte, sich tatsächlich in dieser Stadt aufhielt, erkundig-
te sie sich bei ihren Begleitern nach mir. Der Herr, der
neben ihr saß, kannte mich und sagte ihr, wer ich sei.
Die also erhaltene Auskunft veranlaßte sie, mich von
neuem zu mustern; und eben jene Musterung ermu-
tigte mich dermaßen, daß ich mich in der schon um-
ständlich erzählten, albernen Weise benahm. Doch erwiderte sie wirklich meinen Gruß, und zwar unter dem
Eindruck, daß irgendein merkwürdiger Zufall mir ihre
Identität aufgedeckt habe. Als ich, getäuscht durch die
Schwäche meiner Augen und ihre Toilettenkünste, so
sehr in Irrtum geriet über das Alter und die Reize der
fremden Dame und Talbot so stürmisch fragte, wer sie
sei, glaubte er natürlich, ich meine die jüngere Schönheit, und berichtete mir also ganz wahrheitsgemäß, es
sei »die gefeierte Witwe Madame Lalande«.

Am nächsten Morgen begegnete meine Ur-Urgroßmutter Talbot – sie waren von Paris her miteinander
bekannt – auf der Straße, und das Gespräch wandte
sich sehr natürlich mir zu. Meine mangelhafte Seh-
kraft wurde da erörtert; denn sie war allgemein bekannt, obgleich ich von dieser Offenkundigkeit nichts
wußte. Und meine gute alte Verwandte entdeckte sehr
zu ihrem Leidwesen, daß sie sich in dem Glauben, ich
hätte gemerkt, wer sie sei, getäuscht hatte und daß
ich bloß zum Gespött geworden war, als ich einer
unbekannten alten Frau im Theater öffentlich meine
Huldigung darbrachte! Um mich für diese Unklugheit

zu strafen, ersann sie mit Talbot eine Intrige. Er ging mir absichtlich aus dem Weg, um mich nicht vorstellen zu müssen. Man nahm natürlich an, daß mein Fragen auf der Straße nach der »reizenden Witwe Madame Lalande« sich auf die jüngere der beiden Damen bezog, und so läßt sich das Gespräch mit den drei Herren, denen ich kurz nach Verlassen von Talbots Hotel begegnete, ganz leicht erklären; ebenso ihre Anspielung auf Ninon de Lenclos. Es ergab sich keine Gelegenheit, Madame Lalande bei Tageslicht in der Nähe zu sehen; und bei ihrer musikalischen Soiree hinderte mich meine dumme Eitelkeit, die mich auf meiner Weigerung, ein Augenglas zu benützen, beharren ließ, erfolgreich daran, ihr Alter zu entdecken. Als »Madame Lalande« aufgefordert wurde zu singen, meinte man die jüngere Dame; und sie war es auch, die aufstand und dem Rufe folgte. Um die Täuschung vollkommen zu machen, erhob sich meine Ur-Urgroßmutter im gleichen Augenblick und begleitete sie nach dem Klavier im großen Salon. Falls ich mich dazu entschieden hätte, ihr ebenfalls dahin zu folgen, hätte sie mir angedeutet, es sei schicklicher für mich zu bleiben, wo ich wäre; aber meine eigenen klugen Bedenken machten das unnötig. Die Arien, die ich so sehr bewunderte und die den jugendlichen Eindruck, den meine Geliebte mir machte, so sehr bestätigten, sang Madame Stephanie Lalande. Die Augengläser wurden mir überreicht, um dem Scherz einen Verweis zuzugesellen und dem Epigramm eine Pointe zu geben. Die Überreichung der Augengläser bot Anlaß zu jener Vorlesung über die Eitelkeit, die mir eine so gute Lehre gab. Es ist ziemlich überflüssig hinzuzufügen, daß die von der alten Dame benutzten Gläser des Instruments gegen solche, die meinem Alter besser entsprachen, vertauscht worden waren. Sie paßten mir auch tatsächlich ganz genau.

Der Geistliche, der bloß vorgab, das Schicksalsband zu knüpfen, war Talbots lustiger Kumpan und kein Priester. Er war aber ein ausgezeichneter Kutscher; und nachdem er die Soutane abgestreift und einen Mantel angezogen hatte, trieb er den Droschkengaul an, der »das glückliche Paar« zur Stadt hinaus beförderte. Talbot nahm ihm zur Seite Platz. Die beiden Halunken »brachten also das Wild zur Strecke« und belustigten sich damit, durch das halboffene Fenster einer Hinterstube jenes Gasthauses das »denouement« des Dramas grinsend zu beobachten. Ich glaube, ich werde genötigt sein, sie beide zu fordern.

Trotz alledem bin ich nicht der Gatte meiner Ur-Urgroßmutter, und dieser Gedanke gereicht mir zur unendlichen Erleichterung; und doch bin ich der Gatte von Madame Lalande – von Madame Stephanie Lalande; denn meine gute alte Verwandte hat sich die Mühe genommen, diese Partie zusammenzubringen, und hat mich außerdem nach ihrem Tode – falls sie jemals sterben sollte – zu ihrem alleinigen Erben eingesetzt. Und die Moral: es ist aus und vorbei mit allen billets doux, und niemals wird man mich mehr sehen ohne *Augengläser*.

VORZEITIGES BEGRÄBNIS

Es gibt gewisse Themen, die zwar das Interesse ganz gefangennehmen, die aber allzu grauenvoll sind, als daß sie echter Dichtung als Thema dienen dürften. Der bloße Romanschreiber muß sie vermeiden, wenn er nicht zu verletzen oder abzustoßen wünscht. Nur dann wird man sie erlaubterweise behandeln dürfen, wenn der Ernst und die Majestät der Wahrheit sie heiligen und stärken. So werden wir zum Beispiel von »wollüstigem Schauder« erfaßt bei den Berichten vom Übergang über die Beresina, vom Erdbeben von Lissabon, von der Pest in London, von der Bartholomäusnacht oder von der Erstickung der hundertdreiundzwanzig Gefangenen im Black Hole zu Kalkutta. Aber in diesen Berichten ist es die Tatsache, ist es die Wirklichkeit, das Historische, das uns erregt. Als Erdichtungen würden wir sie einfach mit Abscheu betrachten.

Ich habe einige wenige der bekanntesten, der erlauchtesten Unglücksfälle aus der Geschichte erwähnt; doch ist es hier nicht so sehr der Charakter des Unglücks, der auf unsere Phantasie einen so lebhaften Eindruck macht, als vielmehr sein Ausmaß. Ich brauche dem Leser nicht klarzumachen, daß ich aus der langen schaurigen Liste menschlichen Jammers viele Einzelfälle hätte auswählen können, die weit mehr von echtem Leid strotzen als irgendeines dieser ungeheuern Massenschicksale. Das wahre Unglück, das bitterste Weh trifft den einzelnen, nicht die Vielzahl. Daß das Gräßlichste, Äußerste an Qual von den Menschen als Einzelwesen und nicht von den Menschen als Masse getragen wird, dafür laßt uns einem gnadenreichen Gott danken!

Bei lebendigem Leibe begraben zu werden ist ohne Zweifel die entsetzlichste jener äußersten Möglichkeiten, die jemals Sterblichen widerfahren sind. Daß dies häufig, sehr häufig geschieht, werden Denkende kaum leugnen. Die Grenzen, die Leben und Tod voneinander scheiden, sind im besten Falle schattenhaft und fließend. Wer vermag zu sagen, wo das eine endet und das andere beginnt? Wir wissen, daß es Krankheiten gibt, bei denen alle erkennbaren Lebensfunktionen gänzlich zum Erliegen kommen, obwohl dieses Erliegen nur ein In-der-Schwebe-Sein im eigentlichen Sinne des Wortes ist, nur ein zeitweiliges Stillestehen im Gang des unbegreiflichen Mechanismus. Eine gewisse Zeitspanne verstreicht, und ein unsichtbares, geheimnisvolles Prinzip setzt das magische Getriebe, die zauberhaften Räder wieder in Bewegung. Der silberne Strick war nicht für immer verloren, die güldene Schale nicht unwiderruflich zerbrochen. Doch wo weilte unterdessen die Seele?

Abgesehen nun von dem unvermeidlichen Schluß a priori, daß solche Ursachen solche Wirkungen hervorbringen müssen: daß das wohlbekannte Vorkommen solcher Ereignisse von zeitweiliger Entseelung selbstverständlich hier und da zu vorzeitigen Beerdigungen Anlaß geben muß – abgesehen von dieser Überlegung haben wir das unmittelbare Zeugnis ärztlicher und alltäglicher Erfahrung, die beweist, daß eine sehr große Zahl solcher Beerdigungen tatsächlich stattgefunden hat. Ich könnte, sofern es nötig ist, auf der Stelle an hundert gut beglaubigte Fälle anführen. Ein besonders bemerkenswerter, dessen Einzelheiten noch manchem meiner Leser in frischer Erinnerung sein dürften, ereignete sich vor nicht gar zu langer Zeit in der benachbarten Stadt Baltimore, wo er ein weithin schmerzliches, heftiges Aufsehen hervorrief. Die Gattin eines der angesehensten Bürger, eines Advokaten von Ruf und Mitglied des Kongresses, wurde von einer plötzlichen, unerklärlichen Krankheit erfaßt, die der Geschicklichkeit ihrer Ärzte völlig spottete. Nach schwerem Leiden starb sie oder schien zu sterben. Tatsächlich vermutete niemand oder hatte niemand Grund zu der Vermutung, daß sie nicht wirklich tot sei. Sie wies alle die gewöhnlichen Kennzeichen des Todes auf. Das Antlitz zeigte die eingefallenen und kantigen Züge, die Lippen die bekannte Marmorblässe. Ihre Augen waren ohne Glanz. Blutwärme war nicht mehr vorhanden. Der Pulsschlag hatte aufgehört. Drei Tage lang ließ man den Körper unbeerdigt. In dieser Zeit wurde er starr wie Stein. Schließlich beeilte man sich, sie zu begraben, da das, was man für Verwesung hielt, rasch fortschritt.

Die Dame wurde in der Familiengruft beigesetzt, die während der drei folgenden Jahre ungestört blieb. Nach Ablauf dieser Zeit wurde sie geöffnet, um einen neuen Sarkophag aufzunehmen – aber welch fürchterlicher Schreck erwartete den Gatten, der eigenhändig das Tor aufschloß! Als die beiden Flügel nach außen aufsprangen, fiel ein weißgewandetes Etwas rasselnd in seine Arme. Es war das Skelett seines Weibes in dem noch unvermoderten Leichentuch.

Eine sorgfältige Untersuchung machte es zur Gewißheit, daß sie zwei Tage nach ihrer Bestattung wieder zum Leben erwacht war und daß ihre verzweifelten Anstrengungen im Sarg ihn von seiner Unterlage oder dem Sockel zu Boden hatten fallen lassen, wo er so zerbrochen war, daß sie herauszuschlüpfen vermochte. Eine Lampe, die man zufällig mit Öl gefüllt im Grabgewölbe zurückgelassen hatte, wurde leer vorgefunden, doch war sie vielleicht durch Verdunstung ausgetrocknet. Auf der obersten der Stufen, die in die traurige Kammer hinabführten, lag ein großes Stück des zerbrochenen Sarges, mit dem sie versucht zu haben schien, durch Schlagen gegen die Eisentür Aufmerksamkeit zu erwecken. Hierbei war sie vermutlich ohnmächtig geworden oder vor Schreck gestorben, und im Fallen war ihr Leichentuch an einem der nach innen vorspringenden eisernen Beschläge hängengeblieben. So verharrte sie, und so, in aufrechter Stellung, ging sie in Verwesung über.

Im Jahre 1810 ereignete sich in Frankreich ein Fall von Beerdigung bei lebendigem Leibe, dessen nähere Umstände die Behauptung, daß die Wahrheit seltsamer als alle Dichtung sei, zu bestätigen scheinen. Die Heldin dieses Geschehnisses war eine gewisse Mademoiselle Victorine Lafourcade, ein junges, reiches, sehr schönes Mädchen aus vornehmer Familie. Unter ihren zahlreichen Verehrern befand sich Julien Bossuet, ein armer »littérateur« oder Journalist aus Paris. Seine Talente und seine große Liebenswürdigkeit empfahlen ihn der Beachtung der Erbin, die ihn wahrhaft zu lieben schien; indes bewog sie ihr Standesbewußtsein schließlich doch, ihn abzuweisen und einen Monsieur Rénelle, einen Bankier und Diploma-

ten von einigem Ruf, zu ehelichen. Nach der Hochzeit
aber vernachlässigte sie dieser Herr, ja, vielleicht miß-
handelte er sie sogar geradezu. Nachdem sie an seiner
Seite einige unglückliche Jahre verlebt hatte, starb sie
– wenigstens glich ihr Zustand so sehr dem Tode, daß
er jedermann, der sie sah, täuschte. Sie wurde nicht in
einer Gruft begraben, sondern in einem gewöhnlichen
Grab in ihrem Heimatdorf. Von Verzweiflung gepackt
und noch entflammt von der Erinnerung an seine hef-
tige Leidenschaft, reiste der Liebende aus der Haupt-
stadt in die abgelegene Provinz, in der das Dorf lag,
mit der romantischen Absicht, die Leiche auszugraben und sich ihrer üppigen Locken zu bemächtigen.
Er erreicht das Grab; um Mitternacht scharrt er den
Sarg aus, öffnet ihn und ist eben im Begriff, das Haar
abzuschneiden, da gebietet ihm das Aufschlagen der
geliebten Augen Einhalt. In der Tat, die Dame war
lebendig begraben worden. Das Leben war noch nicht
ganz geschwunden, und sie erwachte durch die Küsse
des Liebenden aus der Lethargie, die man irrtümlich
für den Tod gehalten hatte. Er trug sie wie ein Wahn-
sinniger in seine Herberge im Dorf. Er bediente sich
gewisser wirksamer Stärkungsmittel, die ihm sein
nicht geringes medizinisches Wissen eingab. Endlich
lebte sie wieder auf. Sie erkannte ihren Retter. Sie
blieb bei ihm, bis sie Schritt für Schritt ihre Gesundheit völlig wiedererlangt hatte. Ihr Frauenherz war
nicht von Stein, und diese letzte Liebesprobe genügte,
es zu erweichen. Sie schenkte es Bossuet, kehrte nicht
mehr zu ihrem Gatten zurück, sondern verheimlichte
vor ihm ihre Auferstehung und floh mit dem Geliebten nach Amerika. Zwanzig Jahre später kehrten die

William Turner, *Alnwick Castle*, um 1825/28.
The Art Galery of South Australia

beiden nach Frankreich zurück, überzeugt, daß die Zeit die äußere Erscheinung der Dame so sehr verändert hätte, daß ihre Bekannten sie nicht mehr erkennen würden. Darin täuschten sie sich aber, denn bei der ersten Begegnung erkannte Monsieur Rénelle seine Frau und machte seine Rechte geltend. Diese Rechte bestritt sie, und ein Gerichtshof unterstützte sie in ihrem Widerstand, indem er entschied, daß besondere Umstände sowie der lange Lauf der Jahre nicht nur der Billigkeit nach, sondern auch nach Recht und Gesetz die eheliche Gewalt des Gatten aufgehoben hätten.

Das Leipziger *Chirurgische Journal,* eine sehr angesehene und verdienstvolle Zeitschrift, die ein amerikanischer Verleger gut täte zu übersetzen und neu herauszugeben, berichtete in einer seiner letzten Nummern ein höchst betrübliches Ereignis dieser Art.

Ein Artillerieoffizier, ein Mann von riesenhaftem Körperbau und kräftiger Gesundheit, wurde von einem unbändigen Pferd abgeworfen und zog sich eine sehr schwere Verletzung am Kopf zu, die ihn sofort bewußtlos machte. Es handelte sich um einen leichten Schädelbruch, doch schien unmittelbare Lebensgefahr nicht zu befürchten. Die Trepanation wurde mit Erfolg vorgenommen. Man ließ ihn zur Ader und wendete viele andere der üblichen Mittel an. Nach und nach verfiel er aber in einen immer hoffnungsloseren Zustand der Erstarrung, und endlich hielt man ihn für tot.

Das Wetter war warm, er wurde mit unschicklicher Hast auf einem der öffentlichen Friedhöfe begraben. Das Begräbnis fand am Donnerstag statt. Am folgenden Sonntag wimmelte der Friedhof wie gewöhnlich von Besuchern, und etwa um die Mittagszeit entstand eine große Aufregung durch die Erklärung eines Bauern, er habe, als er auf dem Grab des Offiziers saß, deutlich eine Erschütterung der Erde gespürt, als ob sich jemand darin heftig hin und her werfe. Anfangs schenkte man den Beteuerungen des Mannes wenig Beachtung, aber schließlich machten sein offenbares Entsetzen und der störrische Eigensinn, mit dem er seine Geschichte verfocht, selbstverständlich Eindruck auf die Menge. Spaten wurden schleunigst herbeigeholt, und man öffnete das Grab, das in unverantwortlicher Weise zu flach ausgeschaufelt worden war, in einigen Minuten so weit, daß der Kopf seines Insassen zum Vorschein kam. Er war damals scheintot gewesen; aber er saß nun beinahe aufrecht in seinem Sarge, dessen Deckel er bei seinem rasenden Umsichschlagen zum Teil emporgehoben hatte.

Er wurde sofort in das nächste Hospital geschafft, wo man erklärte, daß er am Leben, wiewohl im Zustande des Scheintodes sei. Nach einigen Stunden erwachte er, erkannte Personen seiner Bekanntschaft und erzählte in abgerissenen Sätzen von den im Grab ausgestandenen Qualen.

Aus dem, was er berichtete, ergab sich, daß er noch länger als eine Stunde nach der Beerdigung das Bewußtsein gehabt hatte zu leben, bevor er in Ohnmacht fiel. Man hatte das Grab achtlos und locker mit einer äußerst porösen Erde gefüllt, so daß notwendigerweise etwas Luft hineingelangte. Er hörte die Schritte der Menge zu seinen Häupten und versuchte sich seinerseits vernehmlich zu machen. Der Lärm auf dem

Friedhof, so sagte er, war es, der ihn wie aus tiefem Schlaf zu wecken schien, doch kaum war er erwacht, als er sich der furchtbaren Schrecken seiner Lage voll bewußt wurde.

Der Kranke erholte sich, wie berichtet wird, und schien auf dem besten Wege zur völligen Genesung, fiel aber der Pfuscherei ärztlicher Experimente zum Opfer. Man wendete die galvanische Batterie an, und er verschied plötzlich in einem jener ekstatischen Paroxysmen, die sie zuweilen hervorbringt.

Die Erwähnung der galvanischen Batterie bringt mir übrigens noch einen sehr bekannten, höchst merkwürdigen und bezeichnenden Fall in Erinnerung, wo ihre Anwendung sich als Mittel bewährte, einen jungen Anwalt aus London, den man vor zwei Tagen beerdigt hatte, wieder ins Leben zurückzurufen. Das ereignete sich im Jahre 1831 und erregte seinerzeit, wo immer es Gegenstand der Erörterung wurde, größtes Aufsehen.

Der Kranke, ein Mr. Edward Stapleton, war – anscheinend – gestorben, und zwar am Typhus, der, weil von einigen abnormen Symptomen begleitet, die Wißbegierde seiner ärztlichen Berater erregt hatte. Nach seinem vermeintlichen Hinscheiden wurden seine Freunde ersucht, die Einwilligung zur Öffnung der Leiche zu geben, was sie aber ablehnten. Wie es im Falle solcher Weigerungen häufig geschieht, beschlossen die Ärzte, den Leichnam heimlich auszugraben und in aller Muße zu sezieren. Es war ein leichtes, mit einer jener zahlreichen Banden von Leichenräubern, die es in London im Überfluß gibt, ein Abkommen zu treffen, und in der dritten Nacht nach dem Begräbnis wurde die vermeintliche Leiche aus einem acht Fuß tiefen Grab ausgegraben und in dem Operationszimmer einer Privatklinik abgesetzt.

Man hatte einen Schnitt von einiger Länge in den Unterleib gemacht, als das frische und noch unverweste Aussehen des Versuchsobjektes die Anwendung der galvanischen Batterie nahelegte. Ein Experiment folgte dem andern, und die bekannten Wirkungen stellten sich ohne irgendeine Besonderheit ein, es sei denn, daß ein- oder zweimal die Reflexbewegungen einen ungewöhnlichen Grad von Lebensähnlichkeit zeigten.

Es wurde spät, der Tag begann zu grauen, und so hielt man es schließlich für ratsam, sogleich zu der Sektion zu schreiten. Aber ein Student, der besonders begierig war, eine eigene Theorie bestätigt zu finden, drang darauf, die Batterie an einem der Brustmuskeln anzuwenden. Man machte aufs Geratewohl einen Schnitt und brachte den Draht in Kontakt, da erhob sich der Patient mit einer hastigen, aber keineswegs reflexartigen Bewegung vom Tisch, schritt in die Mitte des Zimmers, starrte einige Sekunden benommen umher und – sprach. Was er sagte, war unverständlich, doch brachte er Worte hervor, die Silbenbildung war unverkennbar. Nachdem er gesprochen hatte, fiel er schwer zu Boden.

Für einige Augenblicke waren alle vor Schrecken gelähmt, aber die Dringlichkeit des Falles gab ihnen ihre Geistesgegenwart zurück. Man erkannte, daß Mr. Stapleton am Leben, wenn auch ohnmächtig war. Nach Anwendung von Äther erwachte er und wurde binnen kurzem gesund und der Gesellschaft seiner

Freunde wiedergegeben, denen man übrigens jede Mitteilung von seiner Wiederbelebung so lange vorenthielt, bis kein Rückfall mehr zu befürchten war. Ihre Verwunderung, ihr staunendes Entzücken kann man sich vorstellen.

Die schauerliche Besonderheit dieses Falles liegt allerdings in der Aussage des Mr. Stapleton selbst. Er behauptete, daß er zu keiner Zeit ganz gefühllos gewesen sei, daß er dumpf und verworren alles, was mit ihm vorgegangen sei, wahrgenommen habe von dem Augenblick an, da ihn die Ärzte für tot erklärten, bis zu jenem, da er ohnmächtig auf dem Fußboden des Spitals niedersank. »Ich lebe«, waren die unverstandenen Worte, die er, nachdem er die Örtlichkeit des Sektionszimmers erkannt hatte, in seiner äußersten Not hervorzustoßen versuchte.

Es wäre ein leichtes, die Zahl dieser Geschichten beliebig zu vermehren, doch ich unterlasse es, denn wir bedürfen ihrer wahrhaftig nicht, um die Tatsache festzustellen, daß verfrühte Beerdigungen vorkommen. Wenn wir überlegen, wie äußerst selten es infolge der Besonderheit des Falls in unserer Macht liegt, sie zu entdecken, so müssen wir zugeben, daß sie häufig ohne unser Wissen vorkommen können. Selten wird in der Tat ein Kirchhof aus irgendeinem Grund in irgendwelchem größeren Ausmaß umgegraben, ohne daß man Skelette in Stellungen fände, die den fürchterlichsten Verdacht nahelegten.

Fürchterlich ist der Verdacht fürwahr – aber fürchterlicher noch das Geschick! Man kann ohne Zögern behaupten, daß kein Ereignis so entsetzlich geeignet ist, den höchsten Grad körperlicher und seelischer

Pein hervorzubringen, wie das Begrabenwerden vor dem Tode. Der unerträgliche Druck auf die Lungen, die erstickenden Dünste der modrigen Erde, das Beklemmende der Totenkleider, die harte Enge des schmalen Hauses, die Schwärze der vollkommenen Nacht, die Stille, die einem alles überflutenden Meer gleicht, die unsichtbare, doch fühlbare Nähe des Eroberers Wurm, all dies und die Gedanken an die Luft und das Gras da droben, die Erinnerung an liebe Freunde, die zur Rettung herbeieilen würden, wenn sie nur von unserem Schicksal unterrichtet wären, und das Bewußtsein, daß sie niemals davon unterrichtet werden können, daß unser jeder Hoffnung bares Los das der wirklich Toten ist – diese Gedanken, sage ich, tragen in unser Herz, das noch klopft, ein entsetzliches, so ungeheueres Grauen, daß selbst die kühnste Einbildungskraft davor zurückbeben muß. Wir wissen, daß es auf Erden nichts Qualvolleres gibt, wir können uns selbst in der tiefsten Tiefe des Höllenreichs nichts Gräßlicheres denken. Und so erwecken denn alle Erzählungen über diesen Punkt unsere stärkste Teilnahme, die jedoch gerade infolge der heiligen Scheu, die diesen Gegenstand umgibt, mit Fug und Recht und ganz besonders von unserer Überzeugung von der Wahrheit des Berichteten abhängt. Was ich nun zu erzählen habe, entstammt meiner eigenen Erfahrung, ist mein eigenes wahrhaftes persönliches Erlebnis.

Mehrere Jahre lang war ich Anfällen jener eigentümlichen Störung ausgesetzt, welche die Ärzte in Ermangelung eines besseren Ausdrucks mit dem Namen Katalepsie zu bezeichnen pflegen. Obgleich man nun hinsichtlich der mittelbaren wie der unmittelbaren Ursachen für diese Erkrankung, ja, sogar hinsichtlich der Diagnose noch vor einem Rätsel steht, sind doch ihre äußeren sichtbaren Symptome zur Genüge bekannt. Sie scheinen nur dem Grad nach verschieden zu sein. Manchmal liegt der Patient nur einen Tag lang oder auch kürzere Zeit in einer Art sehr tiefer Lethargie. Er ist empfindungslos und äußerlich bewegungsunfähig, aber der Herzschlag ist noch ganz schwach festzustellen, eine Spur von Wärme bleibt zurück, ein schwaches Rot flackert noch in der Mitte der Wangen, und halten wir einen Spiegel vor die Lippen, so können wir eine matte, ungleiche, schwankende Tätigkeit der Lungen entdecken. Ein andermal wieder dauert diese Starrsucht wochen-, ja, monatelang, und selbst die genaueste Untersuchung, die sorgfältigste ärztliche Prüfung ist nicht imstande, einen wesentlichen Unterschied zwischen dem Zustand des Leidenden und dem, was wir vollkommenen Tod nennen, anzugeben. Meistens wird er vor der vorzeitigen Beerdigung nur durch die Tatsache bewahrt, daß seine Freunde von seinen früheren kataleptischen Anfällen wissen und infolgedessen jetzt ein gleiches vermuten, vor allem aber durch das Fehlen jeder Verwesungserscheinung. Die Krankheit verläuft zum Glück sehr allmählich. Schon die ersten Erscheinungen sind charakteristisch und unverkennbar. Die Anfälle werden nach und nach ausgeprägter, und jeder dauert länger als der vorhergehende. Darin liegt der hauptsächlichste Schutz vor dem Begrabenwerden. Der Unglückliche, dessen erster Anfall, wie es zuweilen vorkommt, einen äußerst schweren Charakter annähme, würde unweigerlich lebendig zu Grabe getragen werden.

Mein eigener Fall unterschied sich in unwesentlichen Einzelheiten von jenen, die in der medizinischen Literatur erwähnt werden. Zuweilen versank ich ohne ersichtliche Ursache nach und nach in einen Zustand halber Besinnungslosigkeit, halber Ohnmacht, und in diesem Zustand, ohne Schmerzen, ohne die Fähigkeit, mich zu regen oder im eigentlichen Sinne des Wortes zu denken, aber mit einem dumpfen, lethargischen Bewußtsein, noch am Leben zu sein, und einer unbestimmten Empfindung von der Anwesenheit derjenigen, die mein Bett umstanden, verblieb ich, bis die Krisis des Anfalls mir dann plötzlich meine volle Besinnung wiedergab. Zu anderen Zeiten warf mich die Krankheit schnell und gewaltsam hin. Ich fühlte mich übel, wurde starr und kalt, mir schwindelte, und auf einmal fiel ich der Länge nach zu Boden. Dann war wochenlang alles leer, schwarz und schweigend, das Weltall wurde zum Nichts. Vollständige Auflösung konnte nicht anders sein. Aus solchen Anfällen erwachte ich übrigens, im Vergleich zu der Plötzlichkeit, mit der sie mich packten, nur sehr allmählich. Wie der Tag dem freund- und heimatlosen Bettler dämmert, der während der langen trostlosen Winternacht durch die Straßen streift – genauso zögernd, so träge, so beglückend kehrte mir das Licht der Seele zurück.

Abgesehen nun von dieser Anlage zur Starrsucht schien mein allgemeiner Gesundheitszustand gut zu sein, auch konnte ich nicht feststellen, daß er durch diese eine vorherrschende Krankheit im geringsten geschädigt wurde, es sei denn, daß man eine Eigen-

tümlichkeit meines gewöhnlichen Schlafes ihrer Ein-
wirkung zuschreiben will. Gleich nach dem Erwachen
nämlich war es mir unmöglich, sofort meine volle
Besinnung wiederzuerlangen, und so blieb ich stets
während mehrerer Minuten in einer tiefen Benom-
menheit und Verstörtheit befangen – das Denkver-
mögen im allgemeinen und das Gedächtnis im besonderen waren dann ganz und gar aufgehoben.

Bei all diesen Leiden hatte ich zwar keinen physi-
schen Schmerz zu ertragen, aber eine Unendlichkeit
seelischer Qual. Meine Phantasie wandelte unter Leichen. Ich sprach von Würmern, Gräbern und Grab-
inschriften. Ich verlor mich in Todesträumereien, und
die Befürchtung, zu früh begraben zu werden, setzte
sich zäh in meinem Kopf fest. Die gespenstische
Gefahr, die mich bedrohte, verfolgte mich Tag und
Nacht. Tagsüber war die Folter solcher Grübeleien
unsäglich, bei Nacht erreichte sie den äußersten Grad.
Wenn die grimme Finsternis sich über die Erde breite-
te, dann zitterte ich, erschreckt von meinen Gedanken
– zitterte wie der schwankende Federbusch auf dem
Leichenwagen. Wenn dann meine Natur das Wachsein
nicht länger auszuhalten vermochte, so überließ ich
mich nur mit Sträuben dem Schlaf; denn mir schauderte bei der Vorstellung, daß ich mich beim Erwachen in einem Grab wiederfinden könnte. Und wenn
ich endlich in Schlummer sank, so war es nur, um
in ein Weltall von Wahngebilden zu stürzen: über
ihm mit weiten, schwarzen, überschattenden Fittichen
schwebte alles beherrschend der eine Gedanke vom
Grab.

Aus den zahllosen düsteren Bildern, die mich in

meinen Träumen ängstigten, wähle ich als Beispiel nur ein einziges Gesicht. Mir war, als wäre ich in einen Starrkrampf von längerer Dauer und größerer Schwere als sonst versunken. Plötzlich legte sich eine eisige Hand auf meine Stirn, und eine ungeduldige, schnarrende Stimme flüsterte die Worte: »Steh auf!« in mein Ohr.

Ich setzte mich aufrecht. Die Finsternis war undurchdringlich. Ich konnte die Gestalt dessen, der mich geweckt hatte, nicht erkennen. Ich vermochte mich weder auf den Zeitpunkt, an dem ich in Starrsucht verfallen war, zu besinnen noch auf den Ort, wo ich lag. Während ich regungslos blieb und mich abmühte, meine Gedanken zu sammeln, packte die kalte Hand grimmig mein Handgelenk, schüttelte es heftig, und die schnarrende Stimme sagte abermals: »Steh auf! Gebot ich dir nicht, aufzustehen?«

»Wer bist du?« fragte ich.

»Ich habe keinen Namen in dem Reich, das ich bewohne«, antwortete die Stimme gramvoll. »Ich war sterblich und bin nun ein Dämon. Ich war unbarmherzig und bin nun mitleidsvoll. Du fühlst es, wie ich schaudere. Meine Zähne klappern, während ich spreche, doch nicht wegen der Kälte der Nacht, sondern aus Grauen vor der Nacht ohne Ende. Dieses Grauen ist unerträglich. Kannst du denn ruhig schlafen? Mich läßt der Schrei der großen Todesqual nicht ruhen. Dieser Anblick ist mehr, als ich ertragen kann. Erhebe dich! Komm mit mir in die Nacht da draußen und laß mich dir die Gräber enthüllen. Ist es nicht ein jammervolles Schauspiel? Sieh!«

Ich sah hin; und die unsichtbare Gestalt, die noch

immer mein Handgelenk umklammert hielt, hatte die
Gräber der ganzen Menschheit aufspringen lassen, und
aus jedem stieg der schwache Phosphorschein der
Verwesung empor, so daß ich bis auf den tiefsten
Grund sehen und dort die Leichen in ihren Tüchern
betrachten konnte, in ihrem traurigen und feierlichen
Schlummer mit dem Wurm. Aber wehe! Die Zahl derer, die schliefen, war um viele Millionen geringer als
die Zahl derer, die nicht schliefen. Hier herrschte ein
mattes Kämpfen und dort eine allgemeine unselige
Rastlosigkeit, und aus den Tiefen aller dieser zahllosen Gruben drang das gespenstische Rascheln der
Gewänder der Begrabenen herauf. Und ich sah, daß
von denen, die friedlich auszuruhen schienen, sehr
viele die steife und unbequeme Lage, in der sie ursprünglich bestattet worden waren, mehr oder minder
verändert hatten. Und wieder sagte die Stimme zu
mir, während ich hinabstarrte: »Ist es nicht, ach, ist es
nicht ein mitleiderregender Anblick?« Doch bevor ich
noch Worte der Erwiderung finden konnte, hatte die
Gestalt mein Handgelenk losgelassen, die phospho-
reszierenden Lichter verloschen, die Gräber schlossen
sich mit plötzlicher Gewalt, während aus ihnen ein
Aufruhr verzweifelter Schreie emporstieg und wiederholte: »Ist es nicht, o Gott, ist es nicht ein mitleiderregender Anblick?«

Solche Traumbilder, die mir nachts erschienen, wirk-
ten in ihrer furchtbaren Art bis weit in meine wachen
Stunden nach. Meine Nerven wurden ganz wider-
standslos, und ich ward zur Beute fortwährenden
Grauens. Ich konnte mich nicht entschließen, zu rei-
ten, auszugehen oder mich sonst einer Leibesübung

Francisco de Goya, *Das Begräbnis der Sardine.*
Prado Museum, Madrid

zu widmen, die mich aus dem Hause gebracht hätte.
Ja, ich wagte nicht, mich von denen zu entfernen, die
meine Anlage zur Starrsucht kannten, um nicht in
einem meiner gewohnten Anfälle, ehe man meinen
wahren Zustand feststellen konnte, begraben zu werden. Ich zweifelte an der Sorgfalt, der Treue meiner
liebsten Freunde. Ich fürchtete, daß sie sich bei einer
Starre, die länger als gewöhnlich dauerte, bestimmen
ließen, mich für unrettbar verloren zu halten. Ja, ich
ging sogar so weit, zu fürchten, daß sie, da ich ihnen
viel Mühe machte, froh sein würden, eine besonders
ausgedehnte Attacke als Vorwand zu benützen, um
mich endgültig loszuwerden. Vergeblich versuchten
sie mich durch die feierlichsten Versprechungen wieder zu beschwichtigen. Ich forderte die heiligsten
Eide, daß sie mich unter keinen Umständen begraben
ließen, ehe nicht eine beträchtlich vorgeschrittene
Zersetzung jedes Weiterleben unmöglich mache. Und
selbst dann noch wollte ich in meiner tödlichen Angst
nicht auf die Stimme der Vernunft hören, keinen Trost
annehmen. Ich begann eine Reihe sorgfältig ausgear-
beiteter Vorsichtsmaßnahmen zu treffen. Unter anderem ließ ich die Familiengruft so bauen, daß man sie
von innen leicht öffnen konnte! Der leiseste Druck auf
einen langen Hebel, der tief in das Grabgewölbe hin-
einragte, ließ die eisernen Torflügel weit aufspringen.
Es gab auch Vorrichtungen, um Luft und Licht einzu-
lassen, und passende Behälter für Nahrung und Wasser, die von dem Sarg aus, der mich aufnehmen sollte, leicht zu erreichen waren. Dieser Sarg war warm
und weich ausgepolstert und mit einem nach dem
Prinzip der Grufttür verfertigten Deckel versehen, da

zu kamen noch Sprungfedern, die so angebracht waren, daß die leiseste Regung des Körpers genügte, ihm die Freiheit zu geben. Zu alledem war auf dem Dach des Grabgewölbes eine große Glocke aufgehängt, deren Seil – so hatte ich es bestimmt – durch ein Loch in den Sarg reichen und daselbst an einer Hand des Leichnams festgebunden werden sollte. Aber ach, was vermag alle Vorsicht des Menschen gegen sein Schicksal? Selbst diese wohlersonnenen Sicherheitsmaßregeln vermochten nicht, einen Unglücklichen vor den gräßlichen Qualen des Lebendigbegrabenseins zu retten, für die er ausersehen war!

Es kam ein Augenblick – wie schon so oft –, da ich mich aus tiefster Bewußtlosigkeit in die erste leise und unbestimmte Empfindung des Daseins auftauchend fand. Langsam kriechend, wie eine Schildkröte, nahte die fahle graue Dämmerung des Seelentags. Schlaffes Unbehagen. Apathisches Erdulden dumpfer Pein. Kein Sorgen – kein Hoffen – kein Bemühen. Dann, nach einer langen Pause, ein Sausen in den Ohren; dann, nach noch längerer Frist, ein Prickeln und Kribbeln in den Gliedern; dann eine scheinbar ewigdauernde Zeit erquickender Ruhe, während die erwachenden Gefühle zum Gedanken streben; dann ein kurzer Rückfall in das Nichtsein und ein plötzliches Sich-Erholen. Endlich das leise Zucken eines Augenlids und gleich darauf, wie ein elektrischer Schlag, ein Schrecken, tödlich und unbestimmt, der das Blut stromweise aus den Schläfen ins Herz treibt. Und jetzt die erste positive Bemühung, zu denken. Und jetzt der erste Versuch, sich zu erinnern. Und jetzt ein teilweises und schon sich verflüchtigendes Gelingen. Und jetzt hat das

Gedächtnis so weit seine Herrschaft wiedergewonnen, daß ich mir meines Zustandes einigermaßen bewußt werde. Ich fühle, daß ich nicht aus gewöhnlichem Schlaf erwache. Ich entsinne mich, daß ich einen Anfall von Starrsucht hatte. Und jetzt wird mein schaudernder Geist, wie von dem Anprall eines Ozeans, von der einen grausen Gefahr überflutet: von dem einen gespenstischen, immer vorherrschenden Gedanken.

Minutenlang, nachdem dieses Wahnbild von mir Besitz ergriffen hatte, verharrte ich regungslos. Warum? Ich konnte den Mut, mich zu regen, nicht aufbringen. Ich wagte nicht die Bewegung zu machen, die mich über mein Schicksal aufklären mußte, und doch flüsterte mir etwas in meinem Herzen zu: Es ist gewiß Verzweiflung, wie sie keine andere Art des Elends jemals ins Dasein rufen kann, Verzweiflung allein trieb mich nach langer Unschlüssigkeit, die schweren Augenlider aufzuheben. Ich öffnete sie. Es war dunkel, ganz dunkel. Ich wußte, daß der Anfall überwunden, ich wußte, daß die Krise meiner Störung längst vorbei war, ich wußte, daß ich den Gebrauch meines Sehvermögens vollständig wiedererlangt hatte; und dennoch war es dunkel – es herrschte vollkommenste, äußerste Lichtlosigkeit der Nacht, die ewig währt.

Ich versuchte zu schreien, meine Lippen und meine ausgedörrte Zunge bewegten sich krampfhaft in diesem Bestreben; aber kein Laut entrang sich den hohlen Lungen, die, wie von einer über ihnen liegenden Berglast erdrückt, zugleich mit dem Herzen bei jedem mühsam ringenden Atemholen keuchten und zuckten.

Als ich bei diesem Versuch, laut aufzuschreien, das Kinn bewegte, zeigte es sich, daß es hochgebunden war, wie es bei Toten üblich ist. Auch fühlte ich, daß ich auf etwas Hartem lag und daß etwas Ähnliches meine Seiten eng zusammenpreßte. Bisher hatte ich noch nicht gewagt, auch nur ein Glied zu rühren, aber jetzt warf ich heftig meine Arme empor, die ausgestreckt mit gefalteten Händen lagen. Sie stießen gegen eine feste hölzerne Masse, die sich, nicht mehr als sechs Zoll von meinem Gesicht entfernt, über mich erstreckte. Nun konnte ich nicht länger zweifeln, daß ich in einem Sarg ruhte.

Aber da, inmitten meines unsäglichen Elends, erschien mir der holde Cherub der Hoffnung, denn ich dachte an meine Vorkehrungen. Ich warf mich hin und her und machte krampfhafte Anstrengungen, den Deckel aufzuzwängen: er wollte sich nicht rühren. Ich tastete meine Hände nach dem Glockenseil ab: es war nicht zu finden! Und nun flog der Tröster für immer davon, und erbarmungsloser denn je herrschte sieghaft die Verzweiflung. Denn ich konnte nicht umhin, das Fehlen der so sorgfältig vorbereiteten Polsterung zu bemerken, und dazu drang plötzlich der eigentümlich herbe Geruch feuchter Erde in meine Nasenlöcher.

Die Schlußfolgerung war unwiderleglich: ich lag *nicht* in der Familiengruft. Ich war, während ich, von zu Hause abwesend, unter Fremden weilte, von einem Starrkrampf befallen worden – wie und wann, dessen konnte ich mich nicht entsinnen –, und diese Fremden waren es gewesen; sie hatten mich verscharrt wie einen Hund, eingenagelt in irgendeinen gemeinen

Sarg, tief, tief und für immer versenkt in irgendein gewöhnliches namenloses Grab.

Als diese fürchterliche Überzeugung sich so ihren Weg in das Innerste meiner Seele gebahnt hatte, strengte ich mich noch einmal an, laut aufzuschreien. Und dieses zweitemal gelang mein Versuch. Ein langes, wildes, anhaltendes Schreien oder Brüllen der Todesangst hallte durch das Reich der unterirdischen Nacht.

»Hallo, hallo, was gibt's?« antwortete eine barsche Stimme.

»Was zum Teufel ist denn da los?« eine zweite.

»Raus da!« eine dritte.

»Was fällt Ihnen denn ein, zu heulen wie eine wilde Katze?« rief eine vierte, und damit wurde ich gepackt und ohne viel Umstände von einer Schar recht wüst aussehender Burschen einige Minuten lang geschüttelt. Sie rüttelten mich nicht aus dem Schlafe, denn ich war ganz wach, als ich schrie; sie gaben mir nur die volle Herrschaft über mein Gedächtnis wieder.

Dieses Abenteuer ereignete sich in Virginia in der Nähe von Richmond. Von einem Freunde begleitet, hatte ich einen Jagdausflug entlang den Ufern des Jamesflusses unternommen. Bei Einbruch der Nacht waren wir von einem Unwetter überrascht worden. Die Kajüte einer kleinen Schaluppe, die im Strom vor Anker lag und mit Gartenerde beladen war, bot uns das einzig mögliche Obdach. Wir behalfen uns, so gut es ging, und verbrachten die Nacht an Bord. Ich schlief in einer der beiden Schlafkojen auf dem Schiff, und die Kojen einer Schaluppe von sechzig bis siebzig Tonnen braucht man wohl nicht zu beschreiben. Diejenige, die ich benutzte, hatte überhaupt keinerlei

Bettzeug. Ihre größte Breite betrug achtzehn Zoll. Die Entfernung vom Boden bis zur Decke war genau ebenso groß. Ich fand es außerordentlich schwierig, mich hineinzupressen. Nichtsdestoweniger schlief ich fest, und das ganze Wahnbild – denn es war kein Traum und kein Alb – entstand ganz natürlich aus der Besonderheit meiner Lage, aus meiner gewohnten Gedankenrichtung und aus der Schwierigkeit, die es mir, wie ich schon bemerkte, bereitete, geraume Zeit nach dem Erwachen aus dem Schlummer die volle Besinnung und vor allem mein Gedächtnis wiederzuerlangen. Die Männer, die mich schüttelten, waren die Bemannung der Schaluppe und ein paar Arbeiter, die man zum Entladen gedungen hatte. Von dieser Ladung selbst rührte der Erdgeruch her. Das Band um die Kinnlade war ein seidenes Taschentuch, in das ich in Ermangelung meiner gewohnten Nachtmütze meinen Kopf eingebunden hatte.

Die ausgestandenen Qualen jedoch glichen während ihrer kurzen Dauer zweifellos bis aufs Haar denen eines Lebendigbegrabenen. Sie waren furchtbar, sie waren unbeschreiblich grauenhaft. Aber aus dem Übel entsprang das Gute; denn sein Übermaß bewirkte in meinem Geist einen unvermeidlichen Umschlag. Meine Seele gewann ihre Spannkraft, ihre Gemütsruhe wieder. Ich ging über Land, ich schaffte mir tüchtig Bewegung, ich atmete die freie Himmelsluft und dachte an andere Dinge als an den Tod. Meine medizinischen Bücher gab ich weg. *Buchan* verbrannte ich. Ich las keine *Nachtgedanken*, keinen Schwulst über Kirchhöfe, keine Schauergeschichten wie diese hier. Kurz, ich wurde ein neuer Mensch und lebte wie ein Mensch. Seit dieser denkwürdigen Nacht gab ich für immer meinen Kirchhofsgedanken den Abschied, und mit ihnen verschwand die kataleptische Störung, die vielleicht nicht so sehr deren Ursache als deren Folge gewesen war.

Es gibt Augenblicke, da die Welt dieser traurigen Menschheit selbst dem nüchternen Auge der Vernunft eine Hölle scheint. Aber die menschliche Einbildungskraft ist keine Carathis, daß sie ihren eigenen Abgrund ungestraft zu erforschen vermöchte. Wehe! Die grimme Schar der Grabesschrecken sind nicht nur Phantasiegebilde, aber wie die Dämonen, die Afrasiab auf seiner Reise den Oxus hinab begleiteten, müssen sie schlafen – oder sie verschlingen uns. Ja, man muß sie schlummern lassen – oder wir gehen zugrunde.

Charles Baudelaire über Edgar Allan Poe

Das Leben Edgar Poes – welch bejammernswerte Tragödie! Sein Tod – eine grausige Entblößung, deren Schrecken die Trivialität noch mehrt! – Aus allen Dokumenten, die ich gelesen habe, hat sich für mich die Überzeugung ergeben, daß die Vereinigten Staaten für Poe nur ein großes Gefängnis waren, das er durchmaß mit der fieberhaften Beweglichkeit eines Wesens, geschaffen, in einer würzigen Luft zu atmen, – nur eine große, gaslichterhellte Barbarei, – und daß sein inneres, geistiges Leben als Dichter oder gar als Trinker nur eine ewige Anstrengung war, dem Einfluß dieser antipathischen Atmosphäre zu entrinnen. Eine unerbittliche Diktatur ist die öffentliche Meinung in den demokratischen Staaten; fleht sie nicht an um Milde noch um Nachsicht, nicht um irgend welche Schmiegsamkeit in der Anpassung ihrer Gesetze an die vielfachen und komplizierten Fälle des geistigen Lebens. Man möchte sagen, aus der gottlosen Liebe zur Freiheit sei eine neue Tyrannei geboren, die Tyrannei der viehisch Dummen oder Zookratie, die in ihrer barbarischen Unempfindlichkeit dem Götzenbilde gleicht zu Jaggernaut.

Ein Biograph wird uns im Ernst sagen – er meint es wirklich gut, der gute Mann –: wenn Poe sein Genie nur hätte regeln und seine schöpferischen Fähigkeiten dem amerikanischen Boden besser hätte anpassen wollen, so hätte er ein vermögender Autor, *a money making author,* sein können; – ein anderer – ein naiver Zyniker ist das –: so schön das Genie Poes auch sei, so wäre es für ihn doch

besser gewesen, bloß Talent zu haben, da das Talent sich
stets leichter bezahlt mache als das Genie. Wieder ein
anderer, der Zeitschriften und Revuen redigiert hat, ein
Freund des Dichters, versichert, es sei schwer gewesen,
etwas mit ihm anzufangen, und man habe ihm immer
weniger Honorar zahlen müssen als anderen, da er in
einem Stile schrieb, der allzu hoch über dem gewöhnlichen stand. – »Welch ein Magazingeruch!« wie Joseph de
Maistre sagte.

(...)

In mir hat sich die Überzeugung gebildet, daß Edgar
Poe und sein Vaterland von verschiedenem Niveau waren. Die Vereinigten Staaten sind ein Land, riesig und
kindlich und natürlich eifersüchtig auf den alten Kon-
tinent. Stolz auf seine materielle Entfaltung, die anor-
mal und fast monströs zu nennen ist, hat dieser neue
Ankömmling in der Geschichte einen naiven Glauben an
die Allmacht der Industrie; er ist, wie einige Unglückseli-
ge unter uns, überzeugt, daß er schließlich noch den Teufel mitsamt seinen Hörnern verschlingen wird. Zeit und
Geld haben drüben eine so große Macht! Die materielle
Tätigkeit, übertrieben bis zur nationalen Manie, läßt in
den Köpfen wenig Raum für die Dinge, die nicht von dieser Welt sind. Poe, der von guter Abkunft war und übrigens öffentlich bekannte, es sei das große Unglück seines
Landes, daß es keine Rassenaristokratie besitze, ein Unglück nämlich in Anbetracht der Tatsache – so sagte er –,
daß bei einem Volke ohne Aristokratie der Kult des Schönen verderben, sich verringern und verschwinden muß, –
er, der seine Mitbürger noch in ihrem emphatischen und
kostbaren Luxus aller Symptome jenes schlechten Ge-
schmacks zieh, der den Parvenu charakterisiert, – der den

»Fortschritt«, die große moderne Idee, als eine Extase von Tröpfen betrachtete und der die »Vervollkommnungen« der menschlichen Behausung rechtwinklige Wundmale und Scheußlichkeiten nannte, – Poe war dort drüben ein seltsam vereinzelter Kopf. Er glaubte nur an das Unveränderliche, das Ewige, das *Self-Same*, und er erfreute sich – grausames Vorrecht in einer von Eigenliebe erfüllten Gesellschaft! – jenes umfassenden scharfen Verstandes in der Art eines Machiavell, der dem Weisen gleich einer Feuersäule voranleuchtet, quer durch die Wüste der Geschichte. – Was hätte er gedacht, was wohl geschrieben, der Unselige, wenn er gehört hätte, wie die Theologin des Gefühls aus Freundschaft für das menschliche Geschlecht die Hölle abschafft; wie der Philosoph der Ziffer ein System von Assekuranzen vorschlägt, eine Subskription von einem Sous pro Kopf für die Abschaffung des Krieges; – und dann von der Abschaffung der Todesstrafe und der Einführung der Orthographie, diesen beiden korrelativen Verrücktheiten! – und noch von so viel anderen Kranken, welche, »das Ohr dem Winde hingeneigt«, kreiselnde Phantasien zu Papiere bringen, die ebenso blähend sind, wie das Element, das sie ihnen diktiert –?

Zu dieser sündenreinen Erscheinung des Wahren, die unter gewissen Umständen wahrhaftig eine Schwäche bedeutet, füge man noch eine ausgesuchte Sinnenfeinheit, die eine falsche Note marterte, eine Geschmacksbildung, die alles, was nicht genaue Verhältnisse aufwies, zur Verzweiflung brachte, eine unersättliche Liebe zum Schönen, welche die Macht einer krankhaften Leidenschaft angenommen hatte, – und man wird nicht erstaunen, daß für einen solchen Menschen das Leben zur Hölle ward und daß es ein schlechtes Ende mit ihm nahm; man wird bewundern, daß er so lange auszuhalten vermochte.

(Aus: Charles Baudelaire, Poes Leben und Werke, übersetzt von Max Bruns, Band III von Charles Baudelaires Werken in deutscher Ausgabe. Minden/Westf. 1902)